ロクでなし魔術講師と追想日誌 6
—メモリーレコード—

Memory records of bastard magic instructor

Memory records of bastard magic instructor

CONTENTS

「大きくなったよな、お前」

「……なんだよ？　突然」

ある夜。

テーブルを挟んで向き合いながら、グレンとセリカが紅茶を嗜みながらチェスを打っていると。

不意にセリカがそんなことを言った。

怪訝そうな表情のグレンへ、セリカはさらに続ける。

「いや、ふと思い出してな。最初はあんなにちっちゃかったのに。段々と視線が同じになって、今では私の方が見上げている。……時が経つのは早いものだ」

「……………」

「そうそう。ところでグレン。お前の将来の嫁についてだが……本命は誰だ？」

「ぶ——ッ!?」

紅茶を噴きそうになるグレン。

「ルミアか？　システィーナか？　はたまた、リィエルか？　ちなみに私のオススメは——」

「ちょ、ちょ、ちょ——待て！　いきなり藪から棒に何言ってんだテメェは!?　連中はそんなんじゃねえし！　そもそもあいつら学生だぞ!?」

「時が立つのは早いと言ったろう？　卒業なんてあっと言う間だ。そしたら、きっとお前は……」

慌てるグレンへ、セリカがほんの一瞬だけ寂しげな笑みを見せて、続ける。

「もし、お前に子供とか孫とかが出来たら、私に任せろ。なにせ私は歳を取らん。お前の家族や子孫達をずっと傍で見守り続けるってのも……悪くない」

「ちっ……余計なお世話だぜ、クソ！」

毒づきながらグレンがチェスの駒を動かす。

「C2クイーンだ！　どうだ!?」

「おっと……こりゃ久々一本取られたか」

「へっ、妙ちきりんなこと言って、動揺を誘おうたってそうはいかねえぜ？　言っておくが、俺は今までの負け星を取り返して勝ち越すまで、お前に付き合ってもらうつもりだからな？　覚悟しとけよ？」

「ふっ、馬鹿め。そりゃ一生かかっても無理だ」

グレンが得意げに胸を張り、セリカがくすりと微笑み、チェスの駒を初期位置に戻し始める。

こうして二人の夜はゆっくりと過ぎていく——

ここは夢と現実の狭間、意識と無意識の境界……グレン達が住む物質界とは異なる異次元に構築されたナムルスの領地だ。

そこで彼女は、ぼんやりと無聊《ぶりょう》を慰めている。

「…………退屈」

ナムルスは超越的な存在だ。

元々、“退屈”などという、人が抱くような俗物的感情とは無縁の存在であった。気の遠くなるような幾星霜の時の中を、ただ無作為に在り続ける……そんな存在だったのだ。

だけど、最近は妙なのだ。一端の人の子のように“退屈”という感情を、彼女は覚える。

こんなことは、ナムルスが生きる永遠に近い時の中で初めての経験だ。

そう、グレン達……彼らと出会い、彼らを監視するようになって以来、彼女はこんな風になった。

なぜかは彼女自身もわからない。

ただ――

「ふん、まぁいいわ。別に私は連中に興味なんて、欠片もないけど。この退屈しのぎに、今日も連中の様子を見に行ってやろうかしら？　別に連中を見たって面白いことなんて何一つないけど」

――そう言って。

彼女は本を閉じて立ち上がり、今日も物質界へと繋がる“門”を開くのであった。

グレン達に会いに行く……彼女がそう決めた時。

その冷め切った目は相変わらずだったが、その口元には薄らと笑みが零れていたことに、彼女は気付いていなかった。

ロクでなし魔術講師と追想日誌《メモリーレコード》6

羊 太郎

ファンタジア文庫

2957

口絵・本文イラスト　三嶋くろね

「大きくなったよな、お前」

「……なんだよ？　突然」

ある夜。

テーブルを挟んで向き合いながら、グレンとセリカが紅茶を嗜みながらチェスを打っていると。

不意にセリカがそんなことを言った。

怪訝そうな表情のグレンへ、セリカはさらに続ける。

「いや、ふと思い出してな。最初はあんなにちっちゃかったのに。段々と視線が同じになって、今では私の方が見上げている。……時が経つのは早いものだ」

「……」

「そうそう。ところでグレン。お前の将来の嫁についてだが……本命は誰だ？」

「ぶ――ッ!?」

紅茶を噴きそうになるグレン。

「ルミアか？　システィーナか？　はたまた、リィエルか？　ちなみに私のオススメは――」

「ちょ、ちょ、ちょ――待て！　いきなり藪から棒に何言ってんだテメェは!?　連中はそんなんじゃねえし！　そもそもあいつら学生だぞ!?」

「時が立つのは早いと言ったろう？　卒業なんてあっと言う間だ。そしたら、きっとお前は……」

慌てるグレンへ、セリカがほんの一瞬だけ寂しげな笑みを見せて、続ける。

白いことなんて何一つないけど」

――そう言って。

彼女は本を閉じて立ち上がり、今日も物質界へと繋がる〝門〟を開くのであった。

グレン達に会いに行く……彼女がそう決めた時。

その冷め切った目は相変わらずだったが、その口元には薄らと笑みが零れていたことに、彼女は気付いていなかった。

「退屈ね」

大宇宙のように無限の星々と闇が広がる神秘的な空間。

そこに築かれた不可思議な箱庭にて。

ナムルスが退屈そうにぼやいていた。

「……退屈だわ」

ここは夢と現実の狭間、意識と無意識の境界……グレン達が住む物質界とは異なる異次元に構築されたナムルスの領地だ。

そこで彼女は、ぼんやりと無聊《ぶりょう》を慰めている。

「……………退屈」

ナムルスは超越的な存在だ。

元々、〝退屈〟などという、人が抱くような俗物的感情とは無縁の存在であった。

気の遠くなるような幾星霜の時の中を、ただ無作為に在り続ける……そんな存在だったのだ。

だけど、最近は妙なのだ。一端の人の子のように〝退屈〟という感情を、彼女は覚える。

こんなことは、ナムルスが生きる永遠に近い時の中で初めての経験だ。

そう、グレン達……彼らと出会い、彼らを監視するようになって以来、彼女はこんな風になった。

なぜかは彼女自身もわからない。

ただ――

「ふん、まぁいいわ。別に私は連中に興味なんて、欠片もないけど。この退屈しのぎに、今日も連中の様子を見に行ってやろうかしら？　別に連中を見たって面

「もし、お前に子供とか孫とかが出来たら、私に任せろ。なにせ私は歳を取らん。お前の家族や子孫達をずっと傍で見守り続けるってのも……悪くない」

「ちっ……余計なお世話だぜ、クソ！」

毒づきながらグレンがチェスの駒を動かす。

「C2クイーンだ！　どうだ⁉」

「おっと……こりゃ久々一本取られたか」

「へっ、妙ちきりんなこと言って、動揺を誘おうたってそうはいかねえぜ？　言っておくが、俺は今までの負け星を取り返して勝ち越すまで、お前に付き合ってもらうつもりだからな？　覚悟しとけよ？」

「ふっ、馬鹿め。そりゃ一生かかっても無理だ」

グレンが得意げに胸を張り、セリカがくすりと微笑み、チェスの駒を初期位置に戻し始める。

こうして二人の夜はゆっくりと過ぎていく――

まったく……こっちの世界の連中はホント、理解に苦しむわ

ナムルス

Memory records of bastard magic instructor

Character
アルベルト＝
フレイザー
帝国宮廷魔導士団特務分室所属。グレンの元同僚。帝国随一の狙撃手であり、戦闘から諜報まで多くの任務をこなす、すべてが超一線級の魔導士
グレン＝
レーダス
主人公。アルザーノ帝国魔術学院の魔術嫌いな魔術講師。何事もテキトーでやる気ゼロ、魔術師としても三流で、いい所まったくナシ。だが、本当の顔は——？

セリカ＝アルフォネア
アルザーノ帝国魔術学院教授。若い容姿ながら、グレンの育ての親で魔術の師匠という謎の多い女性。グレンに対しては親バカな一面も
リィエル＝レイフォード
帝国宮廷魔導士団特務分室所属。ルミアの護衛として、学院に編入してくるもなぜかグレンの背中ばかり追っている
システィーナ＝フィーベル
「講師泣かせ」の二つ名を持つ生真面目な優等生。グレンのいい加減さが許せず、いつも叱りつけている様子は学院の名物になるほど
ルミア＝ティンジェル
清楚で心優しい、誰からも好かれる人気者。一生懸命守ってくれるグレンのことを、ひたむきに慕っている。グレンとシスティーナの喧嘩ではよく仲裁役に

お父様が見てる

Father Watches Over Us

Memory records of bastard magic instructor

「はっはっは！　いやぁ、やはり家族とはいいものだなぁ！」

その日。

システィーナの父レナード＝フィーベルは、幸福の只中《ただなか》にあった。

魔導省《まどう》に勤める高級官僚《かんりょう》であるレナードは、普段《ふだん》は妻フィリアナ共々帝都《ていと》での仕事で、フェジテのフィーベル邸《てい》を空けがちである。

しかし今日、ようやく仕事に一区切りがつき、久々に帰宅したのだ。

一ヶ月ぶりの家で待っていたのは、彼の愛しい娘達《むすめ》。

実の娘、システィーナ。

妻の親友の娘、ルミア。

そして、最近フィーベル邸に部屋を借りて一緒《いっしょ》に住み始めた、娘達の友人の少女、リィエル。

血の繋《つな》がりがあろうがなかろうが、レナードにとっては、皆《みな》、家族同然。

『お帰りなさい、お父様！』

『ふふ、お帰りなさい、お義父《とう》さん』

『ん。おかえり、レナード』

などと、娘達三人揃《そろ》って玄関先《げんかんさき》で出迎《でむか》えられたら、仕事の疲《つか》れも吹き飛《ふと》ぶというものだ。

帰宅後はゆっくりと風呂《ふろ》に浸《つ》かり、美しい妻フィリアナの手料理の晩餐《ばんさん》を、皆で一緒に囲む。他愛《たわい》もない話に花が咲《さ》いた食後は、居間でフィリアナと共に、ワインを楽しむ。

「うむ……短いが、今回も良い休暇《きゅうか》になりそうだなぁ」

「ふふっ、そうですね、貴方《あなた》」

ソファーに座るフィリアナは、隣《となり》に腰《こし》かけるレナードの持つグラスへ、にこやかにワインを注いだ。

すると。

「そうだ！　明日と明後日は学院も休みなのだったな⁉　ならば、明日は家族皆で、フェジテ中央区の方へお出かけというのはどうかな⁉」

どこまでも上機嫌《じょうきげん》なレナードが、立ち上がってそんな提案をした。

「え？」

「うむ、それがいい！　今、アートレム劇場では、メアリ＝クライター女史の話題の新作戯曲《ぎきょく》が公演されているらしいし、苺《いちご》タルトの美味《おい》しい高級カフェも新たにオープンしたそうだ！　システィの大好きな大型貸本屋『クロッズ』もある！　きっと、楽しい一日となるに違《ちが》いない！」

「あら、素敵ですね、それ」

「よーし！　こうしてはおれん！　早速、娘達を誘《さそ》いに行くぞぉ！」

こうして、レナードは猛然《もうぜん》と居間から走り去って行くのであった。

「おっと、私としたことが、少々はしたなかったかな？　ふむ、いきなり息せき切って駆《か》け込《こ》んで、娘達を驚《おどろ》かせても悪い。ここは一つ紳士《しんし》的に……」

途中《とちゆう》でそう思い直したレナードは、絨毯《じゆうたん》の敷《し》かれた廊下《ろうか》を、はやる気持ちを抑《おさ》えながら、静かに歩いて行く。

やがて、レナードは、システィーナの自室の扉の前に立った。

レナードの経験上、この部屋にはルミアとリィエルも集まっていることが多い。

「こほん……それでは」

もちろん、いきなり扉を開こうとはせず、レナードが紳士的にノックをしようとした……その時であった。

「……いよいよ……明日……」

「やっぱり、お義父さんには内緒《ないしよ》にするの？　システィ」

扉の向こう側から、システィーナとルミアの話し声が、微《かす》かに聞こえてくる。

「……む？」

ぴたりと、レナードの動きが止まってしまう。

年頃《としごろ》の娘の会話を盗《ぬす》み聞《ぎ》きするなど紳士にあるまじき行為《こうい》……そうわかってはいても、自分のことが話題に上っていたのを耳にすれば、どうしても気になってしまう。

年甲斐《としがい》もなく好奇心《こうきしん》に逆らえず、レナードは、そっと扉に耳をつけた。

すると……室内の娘達の会話が、より鮮明《せんめい》にレナードの耳に飛び込んでくるのであった

——


「うん、もちろん！　明日のことはお父様には絶対に内緒だからね⁉」

「うん、まぁ……そうだよね。お義父さんにバレちゃったら……ちょっと……ね」

「いいな。システィーナだけずるい。わたしも行きたい」

「ご、ごめんね、リィエル……でも、ほら、皆いないとお父様が怪《あや》しむと思うから……その、明日だけはね……ほら、明後日は一緒だし、今度、苺タルトたくさん食べさせてあげるから」

「ん。わかった」

「明日は頑張《がんば》ってね、システィ」

「うん、任せて！」

「……ふふっ、楽しんで来てね？」

「た、楽しむだなんて、そんな……私はただ……それにアイツったらデリカシーのないやつだから、一緒に居たって楽しめるかどうか……そもそも、今回、私がアイツと密《ひそ》かに会う目的は――……」

「――――ッ⁉　⁉　⁉　⁉」

レナードは、まるで奈落《ならく》の底《そこ》に突《つ》き落《お》とされたかのような青ざめた表情で、扉から後ずさる。

若い頃《ころ》、フィリアナが呆《あき》れるほどの朴念仁《ぼくねんじん》で男女の機微《きび》に疎《うと》かったレナードですら、今の娘達の会話の意味くらいは理解できた。

(まさ、まさ、まさか……システィが……ッ⁉　わ、私の可愛《かわい》いシスティが……誰《だれ》かどこその男とデデデデ、デートだとぉおおおおーーッ⁉)

がらがらと足下が崩落《ほうらく》するような感覚、ぶるぶると凍《こご》えたように震《ふる》え始める身体《からだ》。

そんなレナードの脳裏に浮かんで消えていくのは、まだ幼い頃のシスティーナの無邪気な笑顔と声――

『おとうさま！　おとうさま！　ふふっ……おとうさま、大好き！　わたし、大きくなったら、おとうさまとケッコンするね！』

『ねぇねぇ、おとうさま、一緒にお風呂に入ろう？　ねっ？』

『ぐすっ……おとうさま……暗いの怖《こゎ》いの……今日は一緒に寝《ね》て……』

『おとうさま……』

幼いシスティーナの様々な表情や言葉が、浮かんでは消えていき——

そして。

（うぉおぉぉおおおぁあああああああああーーッ!?　ちっくしょぉおおおーーッ!?　認めないッ！　お父さんは絶対に認めないぞぉおおおおおーーっ！

システィに彼氏なんて、まだ早すぎるぅうううううううーーッ!?）

　ばんっ！　と勢いよく扉《とびら》を開け、血相を変えて戻《もど》ってきたレナードを、フィリアナは穏《おだ》やかに迎《むか》えた。

「あらあら、貴方、凄《すご》い顔。……どうかなさいましたか？」

「フィ、フィリアナぁ……ふふ、ふふふふふ……ッ！　決まったぞ……我々の明日の予定がなぁ……ッ！」

　小首を傾《かし》げるフィリアナ。

　鬼《おに》をも竦《すく》ませる形相のレナードは、男泣きの涙《なみだ》を、滝《たき》のように流していた。そこに、魔《ま》導《どう》省きっての切れ者と謳《うた》われる男の姿は……どこにもないのであった。


　そして――次の日。

　頭上に広がるは、まるで心が洗われるような晴天。

　降り注ぐは暖かな陽光。

　じきに正午を迎える、とある噴水《ふんすい》広場の一角にすえられたベンチに。

「…………」

　システィーナが一人静かに、行儀《ぎょうぎょ》良く腰《こし》かけ、宝石のような白泡《はくほう》を立てる噴水池をじっと見つめている。

その出で立ちは、普段《ふだん》の制服姿や着慣れた私服姿ではない。

上品なブラウスにスカーフ、スカート……シックな衣装に身を包み、そして、シンプルなイヤリングなどのアクセサリーで身を飾《かざ》っている。

派手過ぎず、地味過ぎない、絶妙《ぜつみょう》のお洒落《しゃれ》をしたシスティーナ。

元々彼女自身が持つ卓越《たくえつ》した器量、そして、今は何かを静かに待ち望むようなその淑《しと》やかな佇《たたず》まいが、彼女を普段より大人びさせている。すれ違う男性の誰もが振《ふ》り返《かえ》ってしまう完璧《かんぺき》な淑女《しゅくじょ》として完成されている。

女性慣れした良家の御曹司《おんぞうし》達すら、声をかけるのを躊躇《ためら》ってしまう圧倒《あっとう》的な高嶺《たかね》の花《はな》が、そこに咲《さ》いていたのであった。

もっとも――

「ぉおおおおお……システィいいい……い、いつの間にか、立派な淑女へと成長してぇ……お父さん、嬉《うれ》しいぞぉおおおおお……」

「あらあら、貴方ったら。そんなに身を乗り出したら、システィに見つかってしまいますよ？」

――今、うかつにシスティーナへ声をかけてナンパでもしようものなら、広場に続く曲がり角の陰《かげ》から遠見の魔術《まじゅつ》で監視《かんし》しているレナードによって燃やされてしまうだろうが。

「いやしかし！　改めて実感したが、ウチの娘《むすめ》は本当に素晴らしい！　あれならば、どこの社交界へ出しても、引く手数多《あまた》だろうな！」

「ふふ、そうですね。子供だと思っていたシスティも、いつの間にか立派に成長したものです」

夫の暴走を防ぐために、レナードに同行したフィリアナも、嬉しそうに微笑《ほほえ》む。

「うむ、実の父親である私ですら、思わず溜息《ためいき》が出るほどに美しい……お前の次くらいにな！」

「あら、まぁやだ、貴方ったら」

ナチュラルに歯の浮くような台詞《せりふ》を吐《は》くレナードに、満更《まんざら》でもなく頰《ほお》を赤らめるフィリアナ。

道行く人達は、お腹一杯《いっぱい》だと言わんばかりに苦笑いだった。

「しかし……それだけに許せん！　あの至高の宝石の如《ごと》きシスティを、その若さゆえの無知につけ込んで誑《たぶら》かす、不埒《ふらち》な男がいるとは……ッ！」

「うーん……若くても、騙《だま》されるようなことはないと思いますが。あの子はとても賢《かしこ》い子ですよ？」

「いーや、騙されたに決まっているのだ！　どうせ、どこの馬の骨だかわからぬ男が身の程知らずにも、あの可愛過ぎるシスティに邪悪《じゃあく》な下心で近づいたに決まっているッ！　今日はその決定的瞬間《しゅんかん》を取り押さえて、とっちめてやるッ！」

娘への愛情のあまり、盲目《もうもく》と化したレナードに、フィリアナの窘《たしな》めるような言葉は届かない。

「しかし……一体、どこの誰が、システィを……？」

「……あ、ほら、貴方《あなた》。システィの待ち人が来たみたいですよ？」

一種の聖域と化していた、そのシスティーナの佇む一角。

そこへ、無遠慮《ぶえんりょ》に足を踏《ふ》み入れ、システィーナへと歩み寄っていく青年の姿があった。

いつものシャツにスラックス、クラバット……その高嶺の花が咲き誇《ほこ》る聖域に踏み込むには、あまりにもやる気のないその出で立ち。

「よう、待ったか？　白猫《しろねこ》」

「あ、先生っ！」

グレンの登場に、システィーナが目を輝《かがや》かせ、花咲《はなさ》くように笑う——

「あんの男ぉおおおおおおおおおおおおおおおおおーーッ⁉」

——その瞬間。

レナードが血涙《けつるい》を流して絶叫《ぜっきょう》していた。その手が掴《つか》む曲がり角の煉瓦《れんが》に、ばきりと盛大なヒビが入る。

グレンが現れると同時に、フィリアナが、その周辺に音声遮断《しゃだん》結界を張らなかったら、いきなり尾行《びこう》がバレていたに違《ちが》いなかった。

「なるほど……グレン先生ですか。まぁ、なんとなく予想してましたけど」

「あの外道講師がぁああああああああああーーッ⁉　確かに以前、娘を任せると言ったが、そういう意味じゃなぁあああああああああいッ⁉」

「まぁまぁ、貴方、落ち着いて」

「そもそも教師と生徒など、社会倫理《りんり》的に許されるものかッ！　システィが可愛過ぎるからといって、教え子に手を出すような真似《まね》は断じて——」

「そうですよね……レナード先生。教師と生徒……まるでどこかで聞いたような関係ですものね？」

「…………………」

押《お》し黙《だま》るレナードであった。

「うーん、悪いな……どうやら結構、待たせちまったみてーだな？」

「ううん、別に待ってないわ。そもそも、まだ約束の時間の五分前だし……逆にちょっと感心しているとこ」

「そうか？　ならいいんだが」

「よくなぁあああいッ!?　わかってんのか、貴様ぁああああーーッ!?　健気《けなげ》にもシスティはかれこれ三十分も待っていたんだぞぉーーッ!?　可愛《かわい》い可愛いシスティを三十分も待たせおってぇええええーーッ！　男なら三時間くらい前から、待ち合わせ場所で待機しとかぬかぁあああーーッ!?」

「そうですよね……私と貴方の初デート……貴方、盛大に遅刻《ちこく》しましたものね？　確か、三時間くらい」

「…………………」

押し黙るレナードであった。

「お。白猫、今日のお前……なんだか随分《ずいぶん》とめかし込んだな？」

「そ、そう？　このくらい、別に普通《ふつう》だと思うけど……？」

「んー？　そうなのか？　女にとっちゃそれが普通なのか？　俺にはようわからんな……」

「それが普通のわけないだろぉがぁあああああーーッ⁉　ここに来る前、システィがどれだけ鏡の前でお洒落に気を遣《つか》ってたか、わからないのかぁあああーーッ⁉　わかれよ⁉　わかってやれよぉおおおおーーッ⁉　男なら素直に褒《ほ》め言葉《ことば》の一つくらいかけてやれぇえええええーーッ⁉」

「そうですよね……私と貴方の初デート……私、一生懸命《いっしょうけんめい》おめかししたのに、貴方ったら、全然気付いても褒めてもくれませんでしたものね？」

「…………………」

押し黙るレナードであった。

「ええと……それはともかく、せ、先生……この格好、どう思います？」

「んー？　ま、素直に言って、すっげぇ似合ってるぜ？　マジで見違《みちが》えたな。一瞬《いっしゅん》、誰《だれ》だかわかんなかったぞ」

「えっ？　そ、そうですか？　えへへ……ちょっと嬉《うれ》しい……かも」

「あああああああああーーッ!?　素直に褒めたら褒めたで、やたら腹が立つぅううう
ーーッ!?」

「まぁまぁ、貴方、落ち着いて」

「しかし、お前がそこまでめかし込んで来るなら、俺ももうちょい、身なりに気を遣えば良かったか？」

「そ、そんな！　別に気にしなくていいですって！　先生はいつものままでいいんですって！」

「ふっ！　そうだ、見ろ、貴様のそのみすぼらしい姿を！　貴様はうちの可愛いシスティに、まったく釣《つ》り合ってないのだよッ！　男ならば、並んで歩く女性に恥《はじ》をかかせないよう、身なりには細心の――」

「そうですよね……私と貴方の初デート……貴方も彼と同じ、まったくやる気ない、いつもの講師服姿だったですものね？」

「…………」

押し黙るレナードであった。

「そもそも、急に無理言ってお願いしたのは私ですし！　その……せっかくの休日を、こんなことに使わせてしまって、本当に申し訳ありません」

「ま、気にすんな。お前には色々と世話になってるしな。かったりーが、可愛い教え子たっての頼《たの》みだ……今日は暇《ひま》だし、付き合ってやるよ。ふっ……ありがたく思いな？」

「あ、ありがとうございます！　それではさっそく行きましょう、先生！」

「な　ん　な　ん　だ　あ　の　男　は……ッ⁉　私の可愛い可愛いシスティに向かって、なんて傲慢《ごうまん》な上から目線態度ぉおおおお……ッ⁉」

そして、レナードの怒《いか》りは、とっくに頂点に達していて——

「もう我慢《がまん》ならんッ！　あのクソ虫男は、この私が成敗——」

ぼっ！　予唱呪文《ストック》が起動され、レナードの左腕《ひだりうで》に燃え盛る炎《ほのお》が迸《ほとばし》り——レナードが左腕以上に憤怒《ふんぬ》の燃える瞳《ひとみ》で、そのまま曲がり角の陰《かげ》から飛び出そう——と、したところで。

「ふふっ、貴方ったら」

いつの間にか、レナードの背後に立ったフィリアナが、赤子を抱《だ》きしめるように、レナードの首にその細腕《ほそうで》を絡《から》め——

こきゃ。かくん。

いつものように、一瞬でレナードを締《し》め落とし、沈黙《ちんもく》させるのであった。


……そんなこんなで。

グレンとシスティーナが、並んでフェジテの街中を歩いて行く。

「それでね、リィエルったら……」

「ははは……ったく相変わらずだな、あいつは……」

グレンの隣《となり》で、他愛《たわい》のない話を楽しそうに重ねていくシスティーナ。

そして——

「ぐぬぬぬ……なんなんだ、あのちょっといい雰囲気《ふんいき》は……ッ!? ええい、あの魔術《まじゅつ》講師め、近づくなッ！　もっとシスティから離《はな》れろッ！」

「まぁまぁ、貴方、落ち着いて」

その後方十数メトラを、物陰に隠《かく》れながら、こそこそと尾行する、レナードとフィリアナであった。

グレンとシスティーナが向かった先は、中央区サンライトストリート三番にあるレストランであった。

中流～上流階級向けの店だ。

外装も内装も、どこか高級感のある装いで小洒落《こじゃれ》ている。

「ほう？　ここが例の店か？」

グレンが物怖《ものお》じすることもなく、店の外看板を見上げる。

「ええ、ここにしようと思ってるんです……先生的にどう思います？」

「ま、いいんじゃね？　まずは入ってみようぜ？」

そう言って。

「ほらよ」

グレンがシスティーナへと手を差し出す。

「！」

「……一応、この店の雰囲気的に必要だろう？　エスコートってやつが」

とまどうシスティーナに、グレンが面倒臭《めんどうくさ》そうに言った。

「え、あ、その……」

「そのくらいの空気くらい読めるさ」

　このグレンの不意打ちに、システィーナはしばらくの間、目を丸くして、差し出されたグレンの手を見つめ……

「まったくもう……普段《ふだん》からそう紳士《しんし》でいてくれると助かるんですけど？」

　少し頬《ほお》を赤らめ、なんでもない風を装って、グレンの手におずおずと手を重ねる。

　システィーナはグレンのエスコートで、店内へと入っていく──

「あんの男ぉおおおおおおーーッ！」

　後方で、そんな二人の様子を見ていたレナードは号泣していた。

「何がエスコートだッ!?　もっともらしい理由をつけて、システィの手を握《にぎ》りたいだけだろうがぁああああああああーーッ!?」

「貴方《あなた》ったら、そんなこと言って……エスコートしなかったらしなかったで、また怒《おこ》るのでしょう？」

「当然ッッッ！」

「……清々《すがすが》しいですわ、貴方」

　にこにこしながら、フィリアナは言った。

「ほら、私達も行きましょう？　エスコートお願いね、貴方♪」

「むむむむむむむ……ッ！」

そんなレナードとフィリアナも、グレン達の後を追うように店内へ。

高級感のある店内は、ランチと会話を楽しむ紳士や貴婦人達で、穏《おだ》やかに賑《にぎ》わっていた。

給仕に案内されたグレン達は、店内の隅《すみ》のテーブルにつき、レナード達はそこから遠く離れた席についた。

予約の段階ですでに、注文は決めていたらしい。ほどなくして、グレン達のテーブルへ料理が運ばれてくる。

まずは、前菜。グリーンサラダとサラミ、生ハムの盛り合わせ。

グレンとシスティーナは早速、テーブルマナーに則《のっと》って、その料理を食べ始める。

「……意外ですね。先生って案外、テーブルマナーしっかりしてるんですね？　正直、私、こういう所で食事したら、マナーですごく先生に目くじら立てるハメになるって覚悟《かくご》してたんですけど……」

「軍時代に、同僚《どうりょう》から叩《たた》き込《こ》まれてな……社交界へ潜入《せんにゅう》任務とかあったし。やろうと思えばできるぜ？」

「ふふっ……少し見直しました。普段は破天荒《はてんこう》でロクでなしな先生も、ちゃんと立派な紳士なんですね！」

システィーナがにっこりとグレンへ微笑《ほほえ》みかけて——

「騙《だま》されるな、システィイイイイイイイイイーーッ⁉」

遠耳の魔術で会話を盗《ぬす》み聞きしていたレナードが絶叫《ぜっきょう》する。

フィリアナが、そのテーブル周辺に音声遮断《しゃだん》結界を張っていなかったら、店中の視線を集めること請《う》け合いであっただろう。

「それは不良がたまに善行をすると、凄《すご》く良い人に見えるのと一緒《いっしょ》だぞぉおおおおーーッ！　目を覚ますんだぁあああああああーーッ！」

「まぁまぁ、貴方、落ち着いて……あら美味《おい》しい、このサラダ」

騒《さわ》ぎまくる夫を尻目《しりめ》に、フィリアナはにこにこしながら、ナイフとフォークで前菜を上品に食べ始めていた。

「ところで、先生。ここの料理……どう思います？　美味しいですか？」

「ああ、美味《うめ》ぇ。お前のセンスは流石《さすが》だな！　誇《ほこ》っていいぞ！」

「そうですか⁉　えへへ……」

「貴様ぁあああぁーーッ！　そうやってシスティに迎合《げいごう》して媚《こ》びを売り、点数を稼《かせ》ぐつもりかぁあああああーーッ⁉　なんて卑怯《ひきょう》なッ⁉　男なら女性に安易に迎合するより、自分の意見をビシッと通さんか、自分の意見をぉおおおおーーッ！」

「まぁまぁ、貴方、落ち着いて」

「しかし……確かに料理は美味いんだが……ちょっと、コース選択《せんたく》に問題がねーか？」

「えっ？　そ、そうですか？」

「ああ、このコース、お前が選んだんだったよな？　うーん、俺もよくわからんのだが……ちと女性向け過ぎるって思ってな」

「あ……そういえば、確かに」

「男の俺には、ち〜っと物足りなく感じるな」

「貴様ぁああああーーッ⁉　システィのセンスにケチつける気かぁああああああーーッ⁉　男なら自分の意見など呑《の》み込み、女性を立ててやらんか、女性をぉおおおおーーッ⁉」

「まぁまぁ、貴方、落ち着いて。言ってることがさっきから滅茶苦茶《めちゃくちゃ》よ」

「そうだ、白猫。ちょっと、一本頼まねえか？」

グレンがにやりと笑って、システィーナにそんな提案をする。

「一本って……何ですか？」

「酒だよ、酒。美味いって評判のこの店のワイン。お前もどうだ？」

「えええええーーッ!?　ちょ、私はまだ――」

「十五だろ？　法的には、何も問題ねーぞ？」

「で、で、でも――」

「それに、ここのお薦《すす》めを一応味わっておくのは、お前にとっては有意義なことなんじゃねーのか？」

「そ、それはそうかもしれませんけどでも……う、うう～～」

「貴様ぁあああああーーッ！　気の進まない女性に酒を勧《すす》めるとは何事かぁああああああーーッ!?」

当然、いきり立つレナードであった。

「まぁまぁ、貴方《あなた》、落ち着いて」

「これが落ち着いていられるか！　私はわかったぞ、あの男の狙《ねら》いがな！　あの男はシスティを酔《よ》わせて、判断力を低下させ、その勢いで、いかがわしい連れ込み宿へ連れ込む気に違《ちが》いないッ！　そう——」

「まぁまぁ、貴方、落ち着……」

「——かつて、私がフィリアナにやったようにッッッ！」

修羅《しゅら》の形相で、レナードがそんなことを絶叫した、その瞬間《しゅんかん》。

「…………」

無言。フィリアナが無言。

にこやかな笑顔のまま、無言……

「……あ」

そんな妻の、どこか怖《こわ》い笑顔に、レナードの表情が凍《こお》り付く。

「あ、その……なんだ？　フィリアナ……い、今のは……その……」

「あ　な　た？　……ふぅん？　そうだったの……私達の若かりし時の、あの日のことは……つまりそういうことだったのね……？」

笑顔のまま、ずごご……と不思議な威圧感《いあつかん》を放つフィリアナ。

「へぇ、そうなんですか……ふぅん……？　貴方ってそういう人だったんですね……？」

「ひぃいいいいーーっ⁉　ごごごご、ごめんなさいぃいいいーーっ！　き、君が可愛《かわい》過ぎて、あの頃《ころ》の若かった私は、どうにもーーッ！」

人目をはばかることなく、フィリアナの足下で土下座するレナードだったが……

「……ぷっ！　くすくす……」

フィリアナが突然《とつぜん》、堪《こら》えきれないとばかりに笑い始める。

「……フィ、フィリアナ？」

「あはは、もうやだ、貴方ったら。そんなに慌《あわ》てちゃって。そんなこと、私はもうとっくに知ってましたよ？」

「……え？」

「元々、貴方に迫《せま》っていたのは私の方でしたし、もう相思相愛でしたし……あの時、私はその……全部わかってて貴方に食べられちゃったんです」

貴族の娘《むすめ》としては失格ですけどね……と。フィリアナが顔を赤らめ、幸せそうに微笑みながら、レナードの耳元でそんなことを耳打ちする。

「フィリアナ……」

「貴方……」

そして、二人は見つめ合って……

「うぉおおおおーーっ！　愛してるぞぉおおおおーーッ！」

「……私もです、貴方」

周囲が大注目する中、二人は熱い抱擁《ほうよう》をかわし合って……

「ったく、どこの誰《だれ》か知らねーけど、真っ昼間からお熱いこって……」

（うーん、ここからじゃ遠くて、よくわからないけど……あの背格好……ま、まさかね……？）

そんなレナード達の様子を、グレンとシスティーナも呆《あき》れながら、遠目に眺《なが》めているのであった。

結局、システィーナはお酒は私にはまだ早いと固辞し、グレンもならばと無理に勧めることもなく。

食事の後は、買い物と相成った。

中央区ロードストリート七番に面した、とある紳士《しんし》用の高級服飾《ふくしょく》店にて。

「ねぇねぇ、先生！　先生はどっちの方がいいと思いますか？」

システィーナは様々なネクタイを物色して、次々とグレンに見せていく。

「あー？　お前が選んだんなら、もうなんでもいいんじゃね？」

だが、グレンは見向きもせず、欠伸《あくび》をしながら、そんな風に返す。

「もう！　真面目《まじめ》に答えてくださいって！　こっちは真剣《しんけん》に選んでいるのに！」

そんなおざなりな態度のグレンに、システィーナが、ぷくぅと頬《ほお》を膨《ふく》らませるのであった。

「ああもうっ！　本当に参考にならないんだからっ！」

「ぐ……悪かったな」

「私はもっと色々探してみますから、先生も何か気に入ったのあったら、私に見せてくださいね？」

「……はいはい」

「あ、ところで先生……これなんかどうです？」

ちょうど品の良いネクタイを見つけたシスティーナが、それを手に取ってグレンに身を寄せ、グレンの首元に試《ため》しでテキパキと巻いてみる。

その様子はまるで、新婚《しんこん》の妻が夫の世話を甲斐甲斐《かいがい》しく焼いているかのようであった。

「うん！　これは結構、いい感じじゃないですか？　そう思いません？」

「うーん、色と形はいいんじゃね？　問題は合わせなんだが……」

「ふふっ、ちょっと、今の先生の服じゃ難しいかもですね……あ」

するると、ネクタイを注視していたシスティーナは、今、グレンと随分《ずいぶん》顔が近くなっていることに気付いた。

「ん？　どうした？」

「な、なんでもありませんっ！」

少し頬を火照《ほて》らせ、慌ててグレンから離《はな》れるシスティーナであった。

「ぐぬぬぬぬ……ッ！　プレゼントか……ッ!?　その男の新しいネクタイをシスティが選んであげるとか、そんなうらやまイベントかッ!?　くっそぉおおおおおおーーッ！」

そして、当然のように、遠くからそんなシスティーナ達の様子を窺《うかが》っているレナード＆フィリアナ。

「懐《なつ》かしいわぁ。私もよく貴方のネクタイを選んで、プレゼントしてあげたものです」

「ふっ、君のセンスはいつも最高だったよ……と、そんなことより、くそう、あの外道講師め……思ったよりボロを出さぬな……ッ！　あの男がシスティに対し、男の不純な衝動《しょうどう》に任せた不埒《ふらち》な真似《まね》をしようものなら、即座《そくざ》に魔術《まじゅつ》で焼いてやるのに！　むしろ、やるなら早くやれ！　その方が遠慮《えんりょ》無く焼ける！　さぁ、男を見せてみろッ！」

「もう、貴方ったら」

さっきから興奮のあまり言動が支離滅裂《しりめつれつ》な夫に、流石《さすが》のフィリアナも苦笑しながら呆れるしかない。

「少し型破りな所はあれど、グレン先生がそんなことをするような御方《おかた》ではないと、こないだの授業参観でご存じのはずでしょう？　少しは子離《こばな》れされてはいかが？」

「いーや、油断できん！　男は皆《みな》、ケダモノなのだッ！　実経験的にな！　実際、かつての私は、愛する君を前に我慢《がまん》などできなかったッ！」

「くすっ……貴方ったら」

満更《まんざら》でもないフィリアナである。

「ええい、本当はシスティとて、こんなデート、不本意に決まっているのだッ！　だが、あの男に教師という立場を笠《かさ》に着て無理矢理迫られ、仕方なく、一日だけデートに付き合ってやってるだけなのだッ！　そうだ、そうに決まってるッ！」

「でも……話を聞く限り、システィがグレン先生を誘《さそ》ったようですが？」

「う、ぐ……そ、それは……そうだったかもしれんが……」

どこまでいっても、納得できない、したくないレナード。

「もう、貴方ったら……いつまでたっても子離れできないんだから……そんなに心配なら、きちんと確かめてみてはいかが？」

そんなレナードに、フィリアナが提案をする。

「……確かめる、とな？」

「ええ。システィの気持ちをね」

そう言って、フィリアナがくすりとレナードに微笑《ほほえ》んだ。


「うーん、どれがいいかなぁ……迷うなぁ……」

様々なネクタイを、真剣な表情で一人物色しているシスティーナ。

グレンはとっくに飽《あ》きて、広い店内を一人ぶらぶらと散歩に行ってしまっていた。

「まったくもう……先生がいてくれないと意味ないのに……」

システィーナが、ここに居ないグレンに対する不満を、ぶつぶつと零《こぼ》していると。

「いらっしゃいませ、お嬢《じょう》さん」

豊かな髭《ひげ》と分厚い眼鏡《めがね》の紳士が、システィーナへ声をかけてきた。そのネームプレートつき燕尾服《えんびふく》の制服から察するに、この服飾店の男性店員らしい。

「何かお困りですかな？」

「ええ、ちょっと……男性にプレゼントするネクタイを選んでいるんですけど……ここ、良い物ばっかりだから、ちょっと迷っちゃいまして」

「ほ、ほう……？　や、やはり男性へのプレゼントを……？」

一瞬《いっしゅん》、その店員の表情が引きつったことにシスティーナは気付かない。

「失礼ですが……お嬢さんにとって、その男性の方とは、一体、どういう御方なのですかな？」

「え？」

「それによって、お薦《すす》めする品物も変わりますゆえ。もし、教えていただくことに差し支えなければ……」

「あ……そうですね……」

すると、システィーナはその細い顎《あご》に指をあて、自分の胸中を整理するかのように、しばらく天井《てんじょう》を見つめながら考えて……

「やっぱり……私にとって、その男性はとても大切な人、ですね。すみません、一言じゃとても言い表せません」

「ごぶっふぅはぁあああああああーーッ!?　げほっごほがほっ!?」

突如《とつじょ》、盛大に咳《せ》き込む男性店員。

「ちょ――て、店員さん⁉　だ、大丈夫《だいじょうぶ》ですかッ⁉」

「い、いえいえ、な、なんでもないんです！　ただの持病で！」

だが、男性店員の顔色は、あからさまに悪かった。

「そ、それよりも……大切な人、ですか？　それは貴女《あなた》の一時的な気の迷いとか、早とちりとかではなく？」

「え？　あはは、あり得ませんよ。だって、その人はずっと、私のことを支えて、守ってくれた……世界に二人といない人なんですもの」

「……う、ぐぐぐ……」

邪念《じゃねん》のないシスティーナの笑みに、男性店員がわなわなと震《ふる》え、言葉に詰《つ》まっていく。

「こんなプレゼントで、私があの人に受けた恩を返せるとは思ってません。でも……たまにはこうやって、感謝の気持ちを贈《おく》りたいなって、そう思って……」

「そそそそうですか……で、でででしたら……」

男性店員が、傍《かたわ》らの台にかけてあった一つのネクタイを手に取った。

「そっ、その男性には、このようなネクタイなどいかがでしょう⁉」

「え？」

店員が手に取ったネクタイは……金ぴかでゴテゴテと宝飾《ほうしょく》がついた、いかにも品のない成金がつけていそうな趣味《しゅみ》の悪いネクタイであった。

「きっと、その男性にはお似合いかと……くっくっくっ……」

「あ、いや、ちょっと、それは流石《さすが》に……そもそも、それは一体、どういう基準で……？」

「それとも！　こちらはいかがでしょうかな⁉」

どん引きのシスティーナに、店員はさらなるネクタイを突《つ》きつける。

派手な昇《のぼ》り龍《りゅう》と、東方漢字で『夜露死苦《よろしく》』との刺繍《ししゅう》が入った、いかにもガラの悪いマフィアが好んでつけていそうな、悪趣味《あくしゅみ》なネクタイだ。

「え、ええー……？」

「このネクタイ、絶対、やつには似合うと思います！　ていうかやつにはこの程度の下品なもので充分《じゅうぶん》だッ！　やつが君の真心がこもったネクタイを受け取るなど、この私が許さ──」

男性店員が異様に興奮しながら、システィーナを説得し始めた、その時。

こきゃっ！

いつの間にか、その男性店員の背後に立っていた、ふくよかな中年の女性店員が、その首に腕《うで》を絡《から》め──一瞬で男性店員を締《し》め落とし、沈黙《ちんもく》させるのであった。

「……失礼しましたわ。その男性へのプレゼント……どうか、ごゆるりとお選びくださいね」

「は、はぁ……」

　システィーナの生返事に見送られ、女性店員は、気絶した男性店員の裏襟首《えりくび》を掴《つか》み、ずるずると店奥へと引きずって去って行く。

「……ん？　どうした？　何かあったのか？」

　その時、ちょうど店内を一周したグレンが、システィーナの元へ戻《もど》ってくる。

「いや、その……あの人達……誰《だれ》かに雰囲気《ふんいき》が似てるような……？　うーん、誰だろう……？」

　首を傾《かし》げながら、店員達を見送るシスティーナであった。

「もう、貴方ったら……」

「ぐぬぬ……すまぬ。つ、つい……」

　変身魔術を解き、すっかり元の姿に戻ったフィリアナとレナードが、システィーナ達の尾《び》行《こう》を再開する。

「ところで……貴方が落ちている間、システィはやっぱり、ネクタイを一つ購入《こうにゆう》したみたいですよ？　グレン先生の意見を参考にね」

「ふうん？　あっそ。……で？　システィはあの魔術講師にいつ、そのプレゼントを贈るつもりなのだ？　あの男の誕生日か？　交際開始記念日か？　ええい、腹立たしいッ！」

「ああもう、どうどう……拗《す》ねないの、貴方《あなた》ったら」

不機嫌《ふきげん》を隠《かく》そうともしないレナードに、フィリアナが苦笑いする。

「とにかく！　我々はこのまま監視《かんし》を続けるぞ！　あの男め、このままではいつか絶対、その穢《けが》らわしい毒牙《どくが》をシスティに……」

すると。

「ねぇ、貴方。……見て」

いつになく真摯《しんし》な声色と表情で、フィリアナはレナードを促《うなが》した。

「…………」

レナードが前方を見る。

「ははは……そうだな、今度、そのことについては授業で触《ふ》れてやるよ」

「本当ですか!?　うわぁ、私、すっごく楽しみ！　期待してますね、先生！」

レナードの見るシスティーナは……時折、グレンとやいのやいの喧嘩《けんか》じみた言い合いもするが……やっぱり、どこか楽しそうであった。

システィーナがグレンに向ける視線はどこか熱っぽい気がして……

そこには、レナードが見たことのない表情をする娘《むすめ》の姿があった。

「…………」

レナードは少し寂《さび》しそうに、そんな楽しそうなシスティーナの姿を、遠い目で見つめ続ける。

寄《よ》り添《そ》い歩く二人の姿に、かつての自分とフィリアナの姿が、強烈《きょうれつ》に被《かぶ》る――

「あの子だって……ううん、あの子だけじゃない、ルミアもリィエルも……皆、いつかは私達の手元を離《はな》れ、巣立っていく時が来るんですわ」

「…………」

「私達の仕事は、その日までそんな彼女達を支えて、時に導き、時に信じて温かく見守ること……私の両親も、貴方の両親も、ご先祖様達も……人の営み、その連綿と続く歴史の中、ずっとそうして来たの。貴方だって、本当はわかってらっしゃるでしょう？」

しばらく、レナードは押《お》し黙《だま》りながら、システィーナとグレンの姿を遠い目で眺《なが》め続けて……そして。

「……フィリアナ」

「はい、なんですか？　貴方」

「すまん……最後にもう一つだけ、私の我《わ》が侭《まま》を聞いてはくれぬか？　……この通りだ」

「……ええ」

夫のたっての願いに、フィリアナは穏《おだ》やかに微笑んで頷《うなず》くのであった。


その後、グレンとシスティーナは、アートレム劇場で話題の新作戯曲《ぎきょく》を一緒《いっしょ》に鑑賞《かんしょう》した。

四十年前の奉神戦争を舞台《ぶたい》に、様々な実在の英傑《えいけつ》達が己の譲《ゆず》れないもののために戦う群像劇型の英雄譚《えいゆうたん》だ。しっかりとした歴史考証と練り込まれたストーリーが素晴らしい完璧《かんぺき》な戯曲であり、同じストーリーテラーとして、その戯曲作家をシスティーナはライバルと（一方的に）認めることにした。

（人気若手作家メアリ＝クライター……いずれ貴女《あなた》を倒《たお》すのはこの私よ！）

そんな公演が終わって、二人が劇場の外に出ると、辺りはすっかり暗くなっていた。

「なんか、あっという間に終わっちまったな」

「……寝《ね》てましたもんね、先生」

ぶすっと不機嫌そうに、システィーナが隣《となり》のグレンへぼやいた。

「だ、だから言ってたろ？　俺は演劇なんかキョーミねえって！」

「それでも、デリカシーってものがですね……ッ！」

「ま、まぁ、それはそうと！　お前的に件《くだん》の戯曲はどうだったんだ⁉」

「ええ、完璧です。あのレベルの公演なら、まったく問題ないと思います」

「そうか！　ならよかったじゃん！」

「んもう、すぐそうやって誤魔化《ごまか》すんだから……」

二人が歩きながら、そんな他愛《たわい》もない会話に興じていた……その時だ。

「……ッ⁉」

グレンが、ふとそれに気付いて、足を止める。大通りなのに、いつの間にか──周囲に誰も居ない。

明らかな異常事態だ。

（人払《ひとばら》いの結界──一体、誰が？）

システィーナもこの事態に気付き、不安げな目をグレンへ向ける。

「せ、先生……？」

「とにかく、俺から離れるな」

グレンが鋭《するど》い目で周囲を警戒《けいかい》しながら、システィーナに警告の言葉をかけると。

『──《睡神《すいしん》の腕に抱《いだ》かれよ》』

白魔《しろま》【スリープ・サウンド】の一節呪文《じゅもん》が、その場に朗々と響《ひび》き渡《わた》る。

波紋《はもん》のように空間を伝わる睡眠誘導波《すいみんゆうどうは》が、二人を津波《つなみ》のように襲《おそ》った。

「やば──白猫ッ！　気を──」

流石《さすが》は元・帝国《ていこく》軍人というべきか。

この不意打ちに、実戦経験豊富なグレンは、咄嗟《とっさ》の精神防御《ぼうぎょ》で抵抗《ていこう》に成功するが──

「え──ッ!?　あっ……」

経験の少ないシスティーナは、抵抗に失敗。がくり、とその場に膝《ひざ》をついて、しゃがみこみ……落ちるように寝入《ねい》ってしまう。

「く、そ……ッ！」

グレンは脳を蝕《むしば》む暴力的な睡魔《すいま》を振《ふ》り払《はら》い、無力化されたシスティーナを守るように、その傍《かたわ》らに立った。

「一体、どこの誰だ!?　出てきやがれ……ッ！」

　すると。

『……言われずとも』

先方の暗い脇道《わきみち》の奥から、奇妙《きみよう》な男が音もなく姿を現していた。

白い仮面をつけ、暗黒のマントを羽織った怪人《かいじん》だ。妙《みよう》に甲高《かんだか》い無機質なその声は明らかに魔術《まじゆつ》的に変声したものであり、それが怪人の不気味さを、よりいっそう際立たせている。

「なんだ、テメェ⁉」

『そちらの娘……システィーナ＝フィーベルだな？　彼女を此方《こちら》へ引き渡して貰《もら》おう。魔術の名門フィーベル家の嫡女《ちやくじよ》には利用価値があるのでな』

「テメェ……どこの手のモンだ？　天の智慧《ちえ》……いや、違《ちげ》ぇな？」

『君には関係のない話だ』

怪人は、ばさりとマントを翻《ひるがえ》し——

「はっ⁉　渡せと言われて、テメェのような、いかにも怪《あや》しい輩《やから》にホイホイ渡すと本気で思ってんのか⁉」

迷わず、グレンが地を蹴《け》り、怪人に向かって真っ直ぐ駆《か》けた。

懐《ふところ》から引き抜《ぬ》く愚者《ぐしや》のアルカナ——起動する固有魔術《オリジナル》【愚者の世界】。

自分を中心とする一定領域内における魔術起動を完全封殺《ふうさつ》する術。

（さっきの【スリープ・サウンド】……ただの一節であれだけの威力《いりよく》を出せるあたり、あいつは間《ま》違《ちが》いなく超一流《ちよういちりゆう》の魔術師《まじゆつし》！　魔術戦は分《わり》が悪ぃ！）

ならば、魔術を封《ふう》じて格闘《かくとう》戦。

瞬時《しゅんじ》にそう判断し、グレンが拳《こぶし》を構え、怪人へ真っ直ぐ駆ける——が。

「な——ッ⁉」

後、少しで拳の間合いという時、グレンは驚愕《きょうがく》に目を剝《む》いた。

振るわれた怪人の左手に、圧倒《あっとう》的火勢の炎《ほのお》が渦《うず》を巻いて立ち昇《のぼ》り——うねる紅蓮《ぐれん》の炎波が、グレンを襲った。

「バカな、封殺したはず——ッ⁉」

咄嗟に、横っ飛びでそれを回避《かいひ》するグレン。

その場に、叩《たた》き付けられる炎波。

さらに、二波、三波と襲ってくる炎波を、グレンは地面を転がりながら、辛《かろ》うじてかわしていく。

「く、そぉ——ッ⁉」

大きく跳《と》び下がって、怪人から間合いを取り、グレンは忌々《いまいま》しそうに歯噛《はが》みをした。

「てめぇ、その指輪は……ッ⁉」

グレンは、怪人の左手に嵌《は》められた四つの指輪を睨《にら》み付けた。見るからに強力な魔力《まりょく》が漲《みなぎ》っているそれは、明らかに魔導器《まどうき》であった。

先の一合から、グレンはその指輪の魔導器を『詠唱呪文の保存装置《えいしょうじゅもん》』と看破。その指輪へ一時的に記録保存した詠唱呪文を、呪文詠唱なしで、即時《そくじ》発動させるという代物なのだろう。

当然、その魔導器はとっくに起動済み。グレンの【愚者の世界】では、起動済みの魔導器の力を封殺することはできない。

(なんだそりゃ、くっそ……あんなデタラメな魔導器、軍でも見たことねーぞ……ッ!?)

『ククク、この指輪の魔導器が気になるかな？　これは私の自信作でね』

恐《おそ》れ戦《おのの》くグレンへ、怪人が低く嗤《わら》う。

それを聞いたグレンの背筋に戦慄《せんりつ》が走る。あれほど高度な機能を持つ魔導器を自作……

それはつまり怪人と自分との間には、魔術師として天と地ほどの実力差があるということだ。

『君のようなタイプには、特に有効だろう？　おまけに君は判断ミスで、自分の魔術を封殺してしまった』

「ぐ……俺のことも、事前調査済みかよ……クソッタレ！」

『さて、君に勝ち目がまったくないことを改めて確認した上で君に言おう』

怪人は眠《ねむ》りに落ちたシスティーナを指さし、言った。

『その娘……システィーナ＝フィーベルを置いて去るがいい。本来、目撃者《もくげきしゃ》は消す所だが、素直に去るなら、君の命だけは助けてやろう……彼女については保証できぬがな』

「…………ッ!?」

『それと、万が一にも彼女を連れて逃《に》げる……などという舐《な》めた真似《まね》が通用するとは思わないことだ。言っておくが、私は強い……少なくとも、今の君に太刀《たち》打《う》ちできない程度にはね。君に許された選択肢《せんたくし》は、彼女を見捨てて生きるか、それともこの場で死ぬか……さぁ、どうする？』

そう告げる怪人の全身から、凄《すさ》まじい殺気と威圧感《いあつかん》が放たれ、グレンを正面から殴《なぐ》りつける。

——死ぬ。

逆らえば——俺はここで死ぬ。

そんな圧倒的で致命的《ちめいてき》な予感だけが、グレンの魂《たましい》を焦《こ》がし、その額に大量の脂汗《あぶらあせ》を浮《う》かべさせた。

だが、それでも——

「はっ……バカ言ってんじゃねえよ」

グレンは冷《ひ》や汗《あせ》を、滝《たき》のように全身にかきながら、拳闘《けんとう》の形に構えた。

「俺は……こいつの教師だぜ？　生徒を置いていけと言われて、はいわかりましたと、尻《しっ》尾《ぽ》巻いて逃げるわけにはいかねえんだよッ！」

『……ふん。ならば、君は死ぬことになるが……構わないな？』

「はっ！　やってみろよ……ッ！　後で吠《ほ》え面《づら》かくなよ……ッ⁉」

だが、威《い》勢《せい》の裏で、グレンは絶望感による目《め》眩《まい》に苛《さい》まれていた。

私は君よりも強い——怪人の言葉に嘘《うそ》偽《いつわ》りがまったくないことが、理《り》屈《くつ》ではなく魂で理解できる。

間違いなく、自分はこの怪人相手に勝ち目はない。

（だが、やるしかねえッ！　致命傷覚《かく》悟《ご》でやつの懐に飛び込んで、やつだけでも確実に仕留めるッ！　なんとか刺《さ》し違《ちが》えるッ！　白猫を守るには——それしかねえッ！　クソッ！）

一体、なぜこんなことに？

唐《とう》突《とつ》に降って湧《わ》いた理《り》不《ふ》尽《じん》を前に、グレンが悲《ひ》壮《そう》な決意を固め、怪人へ向かって踏《ふ》み込む好機を慎《しん》重《ちょう》に窺《うかが》っていると……

『まったく、本当に忌《いま》々《いま》しい男め』

不意に、怪人がそんなことを、ぼそりと呟《つぶや》いていた。

「……え？」

『そんな所まで、この私と一緒か、くそ、くそ、くそ！』

呆気《あっけ》に取られるグレンの前で、怪人が子供のように地団駄《じだんだ》を踏み、その圧倒的な殺気と威圧感が、たちまち弛緩《しかん》し、霧散《むさん》していく。

……すると。

「まぁまぁ、貴方《あなた》、落ち着いて。グレン先生ならそうするってことは、貴方も薄々《うすうす》わかっていたでしょう？」

そんな穏《おだ》やかな声と共に、脇道から一人の女性が現れる。

「なにせ、彼は若い頃《ころ》の貴方にそっくりなのだから」

「あ、あれっ？　貴女《あなた》は確か……白猫のお袋《ふくろ》さんの……？」

「ええ、お久しぶりです、先生」

現れた女性——フィリアナが、優雅《ゆうが》にグレンへ一礼をした。

「じゃ、じゃあ、あの怪人は……？」

『……ふん』

すると、怪人がいそいそと仮面とマントを脱《ぬ》ぎ捨てる。

「……娘《むすめ》が常日頃《つねひごろ》、お世話になっている、グレン先生」

いかにも不機嫌《ふきげん》そうなレナードが、正体を現したのであった。

「も、もうっ！　一体、何やってるのよ⁉　お父様ったら、最低！」

「ぐぅ……ごめんよ、システィ〜〜」

眠りから目を覚ましたシスティーナは事情を知るなり、ぷりぷり怒《おこ》り始め、レナードは涙目《なみだめ》で娘に謝っていた。

「へ、へぇ……そうだったんすか……あの茶番……昔、フィリアナさんのご両親がレナードさんへ仕掛《しか》けた試練だったんすか……」

「ふふ、そうなんです。夫が私に相応《ふさわ》しい男かどうか試してやる〜って」

「貴族って……」

呆《あき》れて半眼になるしかないグレンであった。

「あの時の夫も、さっきの先生みたいに、私を守るため、勝ち目のない戦いに必死に挑《いど》もうとしてくれたんですよ？　ふふっ、私はそれでまた夫に惚《ほ》れ直して……」

嬉《うれ》しそうに惚気《のろけ》始めるフィリアナ。

「はぁ……そっすか。……ん？　でも……だとしたら、なんで、その試練を俺に……？」

と、グレンが首を傾《かし》げると。

「……グレン先生」

娘を宥《なだ》めるのを諦《あきら》めたレナードが、神妙《しんみょう》な様子で、グレンへと向き直る。

「今日一日、君達の様子を見ていた」

「え⁉」

「……負けたよ。君はどうやら……システィーナの伴侶《はんりょ》に相応しい男……なのかもしれない」

「……は？　伴侶ぉ⁉」

「流石《さすが》にシスティーナは学生であるがゆえ、まだ結婚《けっこん》を認めるわけには、いかぬが……これからも末永く娘をよろしく頼《たの》む。……この通りだ」

どこか寂《さみ》しげに、それでも毅然《きぜん》と。

レナードが、グレンへ頭を下げた……その時だった。

「あの……ちょっと、お父様？　話がまったく見えないんですけど？」

頬《ほお》を引きつらせたシスティーナが、レナードの脇腹《わきばら》を突《つ》っつく。

「伴侶に相応しい？　結婚？　よろしく頼む？　あ、あの、お父様は一体、何を言って……？」

「む？　システィこそ一体、何を言っておるのだ？　お前達、男女交際をしているのだろう？」

「…………」

すると、しばらくの間、システィーナが石像のように硬直《こうちょく》して。

「えええええええーーッ⁉　な、なんでそうなるの⁉」

やがて、素《す》っ頓狂《とんきょう》な声を上げるのであった。

「わ、わた、私が先生と付き合っているだなんて、そんなこと──」

「そんなことあるだろう⁉　システィは、その男と今日一日、ずっとデートをしていたではないか⁉」

「はぁあああーーッ⁉　いや、お父様、これはデートじゃなくて──」

「一緒《いっしょ》に楽しそうに食事して、その男にプレゼントを買ってあげて、一緒に演劇を鑑賞《かんしょう》して……ずっと……楽しそうに……幸せそうに……ぐすっ……うぅ……うぉおおおおおおんっ！」

まくし立てているうちに悲しみがぶり返してきたのか、レナードが天に向かって男泣きを始めた。

「……おい、白猫。お前……言ってなかったのか？」

「だって……サプライズのつもりだったんだもん……」

疲《つか》れ顔のグレンに、溜息《ためいき》を吐《つ》くしかないシスティーナ。

そして。

「仕方ないわね、もう……」

システィーナは肩掛《かたが》けバッグから何やら取り出して……それをレナードへと差し出した。

「まだ一日早いけど……誕生日おめでとうございます、お父様」

「おおおおおおぉぉぉ……え？」

レナードは涙に濡《ぬ》れた目を瞬《またた》かせて、差し出されたそれを見つめる。

それは、綺麗《きれい》にラッピングされたネクタイであった。

「あれ、システィ？　これって……」

「まったくもう、サプライズのつもりだったのに……そうですよ、昼間買った、お父様への誕生日プレゼント」

「え？　誕生日？　私の？」

「あらあら、貴方ったら……ひょっとして忘れてたんですか？　明日は貴方の誕生日ですよ？」

「そ、そう言えばそうだったような……ずっと忙《いそが》しくてすっかり……」

少しずつ、理解の色がレナードの顔に浮かんでいく。

「じゃ、じゃあ、ひょっとして……今日のシスティのデートは……？」

「はぁ……デートじゃなくて、明日、お父様の誕生日祝いに、家族皆《みな》でお出かけするコースの下見です。お父様、料理とお酒の味にうるさいし、演劇も好みのジャンルが偏《かたよ》ってるし。私の大好きなお父様のためにも、絶対に明日という一日を失敗したくなかったから、男の人の意見が欲しかったんです。だからグレン先生に、無理言って……」

「……私の……大好き……？　私の……ために……？」

「ええ。だからその……グレン先生と私の間に、お父様が邪推《じゃすい》しているような事実は……今の所、ないですから」

システィーナは自分自身、気付かないうちに『今の所』という不穏《ふおん》な表現を使っていたのだが……

「うぉおおおおおおーーッ！　そうだったのかぁああああああーーッ!?」

天に向かって狂喜乱舞《きょうきらんぶ》するレナードも、それに気付かなかった。

「ぐすっ！　き、聞いたかぁ、フィリアナぁ!?　私の娘はやっぱり天使だったぞぉおおおおおーーッ！　こぉんなに父親思いで……うぉおおおおんッ！　なんだぁ、システィに彼氏とか、勘違《かんちが》いだったのかぁ！　良かった、良かったよぉーーッ！」

「ふふっ、良かったですね、貴方……私は少し残念でしたけど」

よしよし、と。

フィリアナはレナードを宥めつつ、システィーナへくるりと振《ふ》り返る。

「それにしても、システィ？　どうして相談相手が、グレン先生だったの？」

そして、そんなことを、どこか悪戯《いたずら》っぽく聞いていた。

「それはだって……ほら、先生って、お父様と、どこか似てるから」

「うおおおおおおぉぉぉ……ん？」

そんな何気ないシスティーナの台詞《せりふ》に、レナードが一瞬《いっしゅん》、硬直する。

（……え？　グレン先生が……この私に似ている……だと……？）

レナードが冷静に情報を整理する。

システィーナは、お父様が大好き。

グレン先生は、お父様に似ている。

即《すなわ》ち。

システィーナは、グレン先生が……

「…………」

「あ、あれ？　どうしたんすか？　レナードさん？」

急に押《お》し黙《だま》ったレナードを訝《いぶか》しんでグレンが声をかけると……

「グレン＝レーダス……やはり、貴様はここで始末せねばならないようだな……ッ⁉」

レナードが鬼《おに》の形相で振り返って、その両手に炎《ほのお》を滾《たぎ》らせ――

「えええええーーッ⁉　ナンデ⁉」

「ええい、黙れッ！　ちょっとそこになおれッ！　やっぱり貴様のような男に、娘は絶対に渡《わた》さぁんッ！」

「ちょっと、お父様⁉」

「あらあら、貴方ったら」

「だぁあああーーッ⁉　一体、俺が何をしたぁあああーーッ⁉」

脱兎《だっと》のごとく逃《に》げ出すグレン。

猟犬《りょうけん》のようにそれを追うレナード。

グレンとレナードの、仁義なき追いかけっこが始まる。

それは、追いついたフィリアナが、こきゃっと、レナードを締め落《し》とすまで、延々と続くのであった――

名無しの反転ルミア

Rumia and the Nameless Reversal

Memory records of bastard magic instructor

魔術《まじゅつ》学院の放課後――

「ほらっ！　先生！　早く、早く！」

「あー、もう、うっせぇ、急《せ》かすんじゃねぇよ……ったく」

今日も学院内に、元気いっぱいな少女の声と気怠《けだる》げな男の声が響《ひび》き渡《わた》る。

システィーナとグレンだ。

そして、そのグレンの左右には……

「あはは、お手数おかけしてすみません、先生……」

「ん」

苦笑いする少女ルミアと、眠《ねむ》たげな少女リィエル。

彼ら四人は、帰宅する周囲の生徒達の流れに乗って、ゆっくりと学院正門へ向かって歩いていた。

「ま、今日の授業でわかんねーとこがあるんだろ？　そりゃ俺の落ち度だから是非《ぜひ》もねぇよ。それに……」

グレンがルミアを振り返って、力強く微笑《ほほえ》んだ。

「一緒にいる方が都合良いだろ？」

「先生……本当に、ありがとうございます」

そんなグレンへ、ルミアは無限の信頼《しんらい》に満ちた微笑を向けて。

「……え？　今から皆で苺《いちご》タルト食べに行くんじゃないの？」

そして、きょとんとするリィエルの頭を、グレンは力を込めて、ぎりぎりと鷲掴《わしづか》むのであった。

「……痛い」

「お前はもうちょっと、白猫《しろねこ》やルミアを見習って、勉強しような！」

と、その時だ。

「もうっ！　先生ったら、何やってるんですか⁉」

張り切って先を行くシスティーナが、振り返って叫《さけ》んだ。

「カフェ・アバンチュールは、人気店なんですよ⁉　早く行かないと、良い席なくなっちゃうんだから！」

「へーいへいっと……ったく、俺はいつから喫茶店《きっさてん》で勉強会を開くようなオサレ野郎《やろう》になったんだ……」

肩《かた》を落として嘆息《たんそく》するグレン。

「ふふ、行きましょう、先生」

そして、ルミアが、向日葵《ひまわり》のように咲《さ》いた笑顔を浮かべ、グレンの手を引き、リィエルがその後をトコトコついていく……

——そんな四人の姿を。

『……ふん。彼らは相変わらずね』

物陰《ものかげ》から、ひっそりと見つめる存在があった。

ルミアそっくりの容姿、まるで白灰《しろはい》のような髪《かみ》、病的なまでに白い肌《はだ》、濁《にご》った赤珊瑚《あかさんご》の虹彩《こうさい》の瞳《ひとみ》。

退廃《たいはい》的な美貌《びぼう》と、背中の異形の翼《つばさ》が特徴《とくちょう》的なその少女は——ナムルスだ。

肉体を持たない思念体存在であるらしいナムルスが、グレン達の背中へ呆《あき》れたような視線を投げながら、誰《だれ》へともなく独りぼやいている。

『本当に、たまに学院の様子を見に来れば……あの人達、いつもバカ騒《さわ》ぎしてるんだから。一週間前はリィエルの虫歯騒動《そうどう》だったし、六日前はグレンの学内悪徳商売騒ぎ、五日前はグレンとルミアの男女交際疑惑《ぎわく》騒ぎがあって、四日前はリィエルが授業で謎《なぞ》生物を召喚《しょうかん》して大騒動、三日前はくだらないことでグレンとシスティーナが大喧嘩《おおげんか》して、二日前は野外霊脈《れいみゃく》調査で一騒動、昨日なんて……オーウェルだっけ？　あの変態の暴走をグレン達が必死になって止めて……他にも、あんなことやこんなことも……ぶつぶつ……』

ひたすら独り言を続けながら、ナムルスが嘲《あざけ》るように肩を竦《すく》める。

『……そうね。私がほんの気まぐれの暇潰《ひまつぶ》しで、本当にたまに学院の様子を見に来れば、いつもそんな感じね。飽《あ》きないのかしら？　まぁ別に、私は興味ないから、彼らがどう学院で日々を過ごそうが構わないんだけど。……興味ないから』

そんなことを一人呟《つぶや》きながら。

物陰に身を隠《かく》すナムルスが、グレン達の背中を、じぃ〜っと、穴の開くほど見つめていると。

ちょうど、グレン達が正門をくぐって学院の敷地《しきち》外に出たところで……

「——ッ⁉」

不意に、ルミアがはっとしたように周囲をきょろきょろし始めた。

「ど、どうしたの？　ルミア」

すると、それに気付いたシスティーナが、心配そうにルミアに問う。

「ひょっとして、また……？」

「うん。最近、よく感じる変な視線……やっぱり気のせいじゃない……」

すると、表情が不安に陰《かげ》るルミアとシスティーナへ、グレンが言った。

「……大丈夫《だいじょうぶ》だ、俺がついてる」

そんな二人を安心させるように、グレンがくしゃりと二人の頭をなでるのであった。

（まったく……妙《みょう》に勘《かん》のいい子なんだから……）

咄嗟《とっさ》に隠れたナムルスが毒づく。

（私は実体を持たない思念体よ？　気配なんてないはずなのに、なんでわかるのかしら？）

そんなことをぼやきつつも。

やっぱり、ナムルスの目はグレン達を追っている。

グレン達は、もう先ほどのことは忘れ、雑談に耽《ふけ》っているようだ。

（ふん。本当に楽しそうなこと。……何がそんなに楽しいのかしら？）

毒づいても。鼻を鳴らしても。ナムルスの目はグレン達を追っている。

（………………）

押し黙って、ただひたすら、じぃ～～～っと、グレン達の動向を見守り続けるのであった。

そして――次の日。

朝の空気漂《ただよ》うフィーベル邸《てい》にて。

「ルミアー、そろそろ起きてー」

朝食の準備を済ませたシスティーナが、ルミアを起こそうと、ルミアの部屋へと足を運んでいた。

ルミアは少し朝に弱い体質であり、こうやってシスティーナが揺《ゆ》り起こしに行くのが日課だ。

「起きて学院へ行く準備しなきゃ……入るわよー？」

こんこん……システィーナは部屋の扉をノックし、がちゃりと開く。

すると……

「ふん、五月蠅《うるさ》いわね。準備なんて、とっくに終わっているわよ」

ルミアはすでに起床《きしょう》していて……

「…………は？」

システィーナはしばらくの間、目を見開いて絶句するしかなかった。

その驚愕《きょうがく》は、朝に弱いはずのルミアが、すでに目を覚ましていたから……ではない。

ルミアが一夜にして、あまりにも目眩《めまい》のする変貌《へんぼう》を遂《と》げていたからだ。

「……何、じろじろ見てるのよ？」

ルミアの髪の先には星型の髪飾《かみかざ》りが無数にジャラジャラ。片頬《かたほお》には蝶《ちょう》のフェイスペイント。左眼にカラーコンタクトを入れてオッドアイにし、全身に十字架《じゅうじか》のペンダントや髑髏《どくろ》を象《かたど》った指輪、鎖《くさり》、などのデスメタルなシルバーアクセサリーを身につけている。

黒く染めた制服の着こなしは、ひたすらエロティックでパンク。背中には黒い翼を模した脱着式《だつちゃく》の飾《かざ》り。

おまけに、ガムを口でくちゃくちゃ噛《か》み、ぷくうと膨《ふく》らませている。

そこにはまるで、どこぞのビジュアル系パンクバンドのボーカルのような姿へと変貌した、やたら目つきの悪いルミアが居たのだ——

「る、る、……ルミア？」

「……私がルミア以外の何に見えるっていうの？」

システィーナが恐《おそ》る恐る問うと、ルミア？　が不機嫌《ふきげん》そうに返す。

「いえ、その……何？　その姿？」

「……イメチェン？」

ルミアがつんと髪をかき上げると、髪についている無数の髪飾りがジャラリと音を立てた。

「どう？　イケてるでしょう？」

「え？　ええー……？」

「まったく……これで、ようやくあの学院のイモい格好が、少しマシになったってところかしらね？」

「あ、あ、あ、ああ……ッ⁉」

「ほら、私は準備できたわ。早く学院へ行きましょう。……いつも私達がそうしているように」

「る、ルミアがグレちゃったぁあああああああああああーーっ⁉」

朝のフィーベル邸に、システィーナの悲痛な叫《さけ》びが木霊《こだま》するのであった。

そんなこんなで、魔術《まじゅつ》学院に向かういつもの通学路にて。

ガムを膨らませながら、物怖《ものお》じもせず淡々《たんたん》と前を進むルミア。

その後を、システィーナがリィエルの手を引いて、おっかなびっくりついていく光景があった。

「……ルミア、何があったの？」

リィエルが眠《ねむ》たげに、隣《となり》を歩くシスティーナへ問う。

「いつもと、雰囲気《ふんいき》が違《ちが》う」

「わ、わかんない……一晩たったら、突然《とつぜん》、豹変《ひょうへん》しちゃってて……」

システィーナは頭を抱《かか》えて、溜息《ためいき》を吐《つ》くしかなかった。

今、両親が家に居なくて本当に良かったと思う。もし、レナードが今のルミアの姿を見たら、切腹してしまっただろう。

そして、さらに悪いことに……

「ルミア……なんか、かっこいい」

今、リィエルはそんな悪ミアを、目をきらきらさせて見つめている。

「いいな。わたしもやってみたい……システィーナ、だめ？」

その目はさながら不良生徒に憧《あこが》れるナードのようであった。

「絶対駄目《だめ》よ、リィエルッ！　あれは絶対に真似《まね》しちゃ駄目ッ！」

なんて教育に良くないの！　システィーナは頭を抱えるしかない。

「それにしても、ルミア……ほ、本当にどうしちゃったのかしら……？」

だが、よくよく落ち着いて考えてみれば、システィーナはこのルミアの豹変に対し、とある一つの可能性に思い至っていた。

「い、いや、だけど……あの人が、まさか、そんな……？」

しかし、あのエキセントリックなファッションセンスが、ルミアのものであるはずがない。

で、ある以上、衣装のセンスはともかく、あの冷めたような言動から判断するに、この悪ミアの正体は——

と、システィーナが考えていると。

「よう、ルミア！」

グレンが一同の前に現れていた。

「待ってたぞ！　とりあえず、例の件についてだが安心しろ。近いうちに……尻尾《しっぽ》……掴《つか》……」

と、段々と尻《しり》すぼみになっていくグレンの声。

「えーと……？　ルミア……さん？」

すると、ガムをくっちゃくっちゃさせながら、ルミアが半眼で振《ふ》り返る。

じゃらりと、髪飾りが音を立てた。

「何？　私の顔に何かついてる？」

スカートのポケットに両手を突《つ》っ込《こ》んだ悪ミアは、冷め切った目で言い捨て、ぷくぅとガムを膨らませる。

対するグレンは、眼を点にして十数秒間その様を見つめ、沈黙《ちんもく》して……

「って、何があった、お前ぇぇぇぇぇぇぇぇぇぇぇぇぇぇぇぇーーッ⁉」

案の定、素《す》っ頓狂《とんきよう》な声をあげるのであった。

「はぁ……五月蠅いわね。ほんのちょっとイメチェンしただけなのに、騒《さわ》ぎ過ぎよ。鬱陶《うつとう》しい」

「ルミアはそんなこと言わない！」

頭を抱えて打ちひしがれるグレン。

「おおお……いつも、〝ふふっ、先生、お早うございます。今朝のご機嫌《きげん》はいかがですか？〟って、朗《ほが》らかに挨拶《あいさつ》してくれる天使はどこ行ったぁ⁉」

「うわ、キモ。……死ねば？」

あのルミアの顔と声による、このナイフのような言葉の破壊《はかい》力は、まさに絶大であった。

「ごはぁっ⁉」

たちまち、心をへし折られたグレンが、がくりとその場で突っ伏《ぷ》す。

「ふん……惰弱《だじやく》ね」

鼻を鳴らして、そんなグレンを見下ろす悪ミア。その蔑《さげす》むような目は魂《たましい》を直接削《けず》っていくようであった。

「あっ、あの……っ！」

そんな悪ミアへ、システィーナが意を決したように話しかける。

「貴女《あなた》……ナムルスさんですよね？」

「…………」

悪ミアが押《お》し黙《だま》り、グレンがはっとしたように悪ミアへ視線を向ける。

「ああ！　そういうことか⁉」

たちまち合点がいったグレンが、悪ミアショックから復活する。

「ったく、脅《おど》かしやがって！　おい、お前！　白猫の言うとおり、ナムルスだろ⁉」

「は？　意味がわからないわ」

悪ミアが肩《かた》を竦《すく》めて、薄《うっす》ら笑った。

「私のどの辺が、そのナムルスとかいう超絶《ちょうぜつ》美少女に見えるっていうの？　その眼は節穴？」

「自分で美少女とか言うな、ボケ！」

「疑うなら、この肉体と霊魂《れいこん》に識別の魔術を使ってみたら？　私がルミア本人だとすぐにわかる……」

「ぬかせ。生命体の三要素……肉体、霊《れい》体、精神体……精神存在のお前が乗っ取ったのは精神体だろ？　いい加減にしねえと、心霊手術《しんれいしゅじゅつ》でルミアの精神から強制的に駆除《くじょ》すっぞ、こら」

グレンがそう指摘《してき》すると。

「……はぁ。こんなに早く看破されるのは少々、予想外かしら」

観念したのか、悪ミア……ナムルスが息を吐いていた。

「そうよ。私はナムルス。ふふっ、システィーナ……貴女、私がルミアじゃないってよく気付いたわね？」

ナムルスは、暗闇《くらやみ》に朱《しゅ》を引くような氷の微笑《びしょう》をシスティーナへ向けるが。

「え、ええー……？」

システィーナは戸惑《とまど》いに頬《ほお》を引きつらせ、

「ナムルス。……お前って、意外とバカだったんだな」

グレンが半眼で淡々と呟《つぶや》いた。

「お前、ルミアを装う気なら、もっとキャラを似せろよ!?　何一つ、掠《かす》ってねーじゃねーか!?」

「は？　嫌《いや》よ、そんなの」

半ギレしながらナムルスが言う。

「なんで私があの子の真似《まね》しなきゃならないの？　私、あの子のこと、大嫌《だいきら》いなんだけど？

あの子の真似なんて反吐《へど》が出るわ」

「こいつ、めんどくせえ！」

時にルミアを罵倒《ばとう》したり、時にルミアに助言したり、助けたり……ルミアに対して複雑な愛憎《あいぞう》を抱《いだ》くナムルスに、グレンは辟易《へきえき》するしかない。

「そ、それはそうと……おい、今度はなんだ？　ルミアの身体《からだ》を乗っ取って、一体、何を企《たくら》んでいる？」

「乗っ取るなんて人聞き悪いわね」

ナムルスが憮然《ぶぜん》と応じる。

「今、ルミアの精神には深い所で眠ってもらってるだけよ。その間、私がルミアの身体を使わせてもらっているだけ。あの子と私はなんだかんだで、相性いいから、それを利用して、今日一日だけ、ルミアを借りるだけよ」

「今日一日、ルミアを借りるって……なんのためにだよ？」

「さぁ？」

ぷいっとそっぽを向くナムルス。

「そんなことより、ほら。早く学院へ行くわよ。遅刻《ちこく》してもいいわけ？」

冷めた様子を装いながらも、どこかそわそわとグレン達を促《うなが》すナムルスの姿に、グレンが溜息を吐く。

このナムルスという少女……決して邪悪《じゃあく》な存在ではない。

未だその正体や目的は不明だが……何か危機があれば、積極的にグレン達を手助けしてくれる〝味方〟だ。

で、あるなら……

「ったく……ルミアの身体を借りるのは、本当に今日一日だけなんだな？」

グレンが諦《あきら》めたように頭をかいた。

「あら？　そんなに私よりルミアがいいわけ？　ルミアったら、随分《ずいぶん》と愛されてるのね。くすくす……」

「茶化すんじゃねえよ」

「冗談《じょうだん》よ。……ええ、そう。私がルミアとして過ごすのは今日一日だけ。身体は、後でちゃんとルミアに返すわ」

「……そうかよ」

一応は信頼《しんらい》できる相手だ。ならば、一日くらいは仕方ないだろう。

（しかし……まーた、厄介《やっかい》ごとが増えやがった）

グレンはうんざりするしかないが。

「ああ、それと。今の私がナムルスだということは、クラスの皆《みな》には伏《ふ》せておいて。なにせ、ルミアとして今日一日を過ごしてみたいわけだし」

「……無理だと思うけどな」

グレンが半眼で、今のナムルスの姿を頭の天辺からつま先まで見る。

何度見ても、目眩《めまい》がしそうなファッションであった。

そんなグレンの視線に気付いたナムルスが自慢《じまん》げに、口《くち》の端《はし》を吊《つ》り上げる。

「どう？　センスいいでしょう？　貴方《あなた》の学院の制服、イモ過ぎるから、さりげないアレンジをしたってわけ」

「さりげないって、なんだっけ？」

「この程度のアレンジなら、周囲の連中は何も違和感《いわかん》なく、私をルミアとして受け入れる……そうでしょう？」

そうのたまって、ナムルスは自信に満ちた薄《うす》ら笑いを浮《う》かべるが。

「お前が心底バカで、ファッションセンスが壊滅《かいめつ》的にねえってことは、よーくわかった」

グレンは呆《あき》れ返ったように溜息を吐くしかなかった。

「は？　意味わからないんだけど？　そもそも、私の叡智《えいち》は、貴方達人間と比較《ひかく》にならないんだけど？」

鋭《するど》く睨《にら》み付けるナムルスの視線を、グレンは肩を竦めて受け流す。

「ったく、なんだってこんなタイミングで……まぁいい。そういうことなら一つだけ条件がある」

「何？」

「今日一日……ずっと俺の傍《そば》に居ろよ？　俺の傍から離《はな》れるなよ？」

グレンの謎《なぞ》の物言いに、ナムルスが眉《まゆ》を顰《ひそ》めた。

「……？　言われなくても、貴方の傍にはいるつもりだけど？」

「そうかよ。……ならいい」

投げやりに溜息《ためいき》を吐《つ》いて。

グレンはナムルスを連れて、いつものように学院へと向かうのであった。


――そして。

まぁ、案の定というか。

至極、真っ当というか。

「「「何があったぁあああッ⁉」」」

いつもの二組の教室に、ナムルスが到着《とうちゃく》した途端《とたん》、クラスの生徒達から絶叫《ぜっきょう》が上がるのであった。

「ちょ待っ、えええええーーッ⁉」

カッシュも。

「るるる、ルミア⁉　貴女、一体、何がそんなに不満だったんですの⁉　社会ですの⁉　時代ですの⁉」

ウェンディも。

「…………………嘘《うそ》だろ？」

あのギイブルすら、あんぐりと口を開けて絶句している始末である。

そんな天地をひっくり返したような騒ぎを前に、ナムルスがどこか不服そうに眉を顰める。

「おかしいわ、グレン。皆、私の姿を見て、なぜ、こうまで騒ぐのかしら？」

「むしろ、なぜ、わからない？」

半眼のグレンが事務的に突《つ》っ込《こ》む。

「それは……確かに、少しだけお洒落《しゃれ》はしてみたけど……そう騒ぎ立てるほどのものじゃないでしょう？」

「お前、マジで言ってる？」

すると……ナムルスはガムを膨《ふく》らませながら、周囲の生徒達の姿と自分の姿とを改めて見比べてみる。

「……ああ、なるほど、確かに」

やがて、合点がいったかのようにナムルスが頷《うなず》いた。

「こうして改めて自分の姿を振《ふ》り返ってみれば……確かに騒《さわ》がれても仕方なかったわね」

「ほう、お前の壊滅的な美的センスでも、ようやく違和感に気付いたか。よーし、とっとと着替《きが》えて来……」

すると、ナムルスは腕《うで》に巻いたシルバーチェーンを、ちょいちょいと手直ししつつ、すまし顔で言った。

「私としたことが、シルバーが少し曲がっていたわ。イモかったわね」

「違《ちげ》えよ、アホの子か!?」

神速で突っ込むグレンであった。

と、そんな時である。

「「「話は聞いたぞぉおおおおおおおおおおおおおおーーーッ！」」」

どどどどどどどどどーーっ！

廊下《ろうか》から、大量の男子生徒達が、教室内へと雪崩《なだ》れ込んできて……ナムルスの周囲を、あっという間に取り囲んでいた。

「「「我ら《ルミアちゃん親衛隊》ッ！　ここに推参ッ！」」」

クラス学年問わない男子生徒達が、怒濤《どとう》の勢いでナムルスに迫《せま》る。

「……誰《だれ》？　この人達」

「ルミアのファンクラブの連中だよ」

半眼で問うナムルスへ、グレンが肩《かた》を竦《すく》めて言った。

「ルミアは学院のマドンナなんだ。こんな地下組織ができるくらいにな」

「ふうん？　あの子を慕《した》う男達がこんなにいるんだ？　へぇ？　なかなか見る目ある連中ね。気に入ったわ」

「お前、ルミアが好きなのか、嫌《きら》いなのか、はっきりしろよ」

「嫌いよ」

「こいつ、マジでめんどくせえ」

グレンとナムルスが、淡々《たんたん》とそんなやりとりをしていると……

「ぎゃあああああーーっ！　なんってことだぁあああああああーーっ！」

「ぼ、僕達のルミアちゃんが、こんな変わり果てた姿に!?」

「い、嫌だぁーーッ！　こんなのルミアちゃんじゃないぃーーっ！」

ルミアファンクラブの面々は、たちまち泣き叫《さけ》び、阿鼻叫喚《あびきょうかん》の地獄絵図《じごくえず》をその場に作り上げていく。

「ルミアちゃん！　僕達の天使なキミはどこへ行ったのぉおおおッ⁉」

「それじゃ天使じゃなくて、堕天使《だてんし》だよぉおおおおーーっ！」

「認めないッ！　僕はそんな堕天使なルミアちゃんは認めないぞッ！」

「そうだそうだ！　いつもの天使なルミアちゃんに戻《もど》ってぇえええッ！」

号泣しながら、好き勝手言って、ナムルスに迫る男子生徒達。

すると、ナムルスが急に無表情になり、段々とその眼に不機嫌《ふきげん》さを燃え上がらせていき……そして。

「うるさいわね、この豚《ぶた》共」

ルミアとしては絶対にありえない言葉が、ナムルスの口をついて出て。

その場の誰もが、あんぐりと口を開けて硬直《こうちょく》していた。

「まったく……」

そんな一同を無視し、ナムルスはどかっと教卓《きょうたく》の上に腰《こし》かけ、そのしなやかなおみ足を交差させ、一同を上から蔑《さげす》むような眼で睥睨《へいげい》した。

「いつものルミアに戻れ？　よりにもよって、この私にルミアになれと？　は？　貴方達、喧嘩《けんか》売ってるわけ？」

「お前、本当にこじらせてんのな」

グレンの冷静な突っ込みは無視し、ナムルスが続ける。

「天使、天使って……女の子に幻想《げんそう》見過ぎなのよ、この豚共が……一度、調教してあげましょうか？　ん？」

「「「ひ、ひぃいっ⁉」」」

ナムルスの放つ凄《すご》みと迫力《はくりょく》に、震《ふる》え上がるファン達。

「そもそも何よ？　貴方達はちょっとイメチェンしただけで、ルミアをルミアとして愛せなくなるの？」

「「「――――ッ⁉」」」

そんなナムルスの指摘《してき》に、ファン達は、眼を大きく見開いた。

「貴方達のルミア愛ってそんなものなの？　失望させないで欲しいわね」

そして、どこまでも人を見透《みす》かし蔑むようなナムルスの眼が、その場のファン達の魂《たましい》を抉《えぐ》るように射貫《いぬ》く。

ファン達のその背筋に、ぞくぞくとした新感覚……痛みにも快感にも似た、奇妙《きみょう》な感覚が走っていく……

（こんなの……こんな眼をするの……ルミアちゃんじゃない……ッ⁉）

（なのに、なんだ、この感覚は⁉）

（この、自然と跪《ひざまず》き、頭《こうべ》を垂れたくなる、狂《くる》おしい衝動《しょうどう》は一体……ッ⁉）

そして……

「ふん。貴方達……何をぼうっと突っ立ってるの？　貴方達のルミア愛が本物だと言うのなら……さっさと証明してみなさいよ、その愛を」

ナムルスがそんな風に言うや否や。

「「「は、ははぁ～ッ！」」」

その場に集《つど》った、ルミアファンの面々は、自然とナムルスの足下に跪き、頭を垂れていたのであった。

「最初は戸惑《とまど》っていたけど……こ、こういうのも……いいよね……？」

「ああ……ッ！　この跪いた瞬間《しゅんかん》、心の奥底から溢《あふ》れる悦《よろこ》びは……ッ！」

「天使ではなく、堕天使……そういうのもあるのか……ッ！」

「ぼ、僕達は、堕天使ルミア様の奴隷《どれい》ですぅッ！」

「「「ぶひぃいいいいーーっ！」」」

何かに目覚めてしまったファン達は、歓喜《かんき》の表情で涙《なみだ》を流しながら、ナムルスを崇《あが》め始めて……

「この学院はもう駄目《だめ》だ」

グレンは真顔で断言していた。

「ちょ、先生⁉ 見捨てるの早いですよ⁉ あんなのごく一部の生徒達だけですから⁉」

「ナムルス……かっこいい……」

「憧《あこが》れちゃ駄目ぇえええーーッ！」

眼をきらきらさせるリィエルに、システィーナは頭を抱《かか》えるのであった。

そんなナムルスと共に、いつものように二年次生二組の授業が始まる。

場所は変わって、円形のフィールドが広漠《こうばく》とした魔術《まじゅつ》競技場にて。

「……てなわけで。これから『魔術戦教練』の時間だ……」

グレンは集合した二組の生徒達の前で、溜息交じりに言った。

魔術戦教練とは、魔術を使用した戦闘《せんとう》訓練を行い、戦いにおける魔術の運用法と作法を学ぶ授業である。

「ふうん？ 以前、たまたまこの学院の様子を覗《のぞ》き見していた時に、たまたまこの授業の様子をたまたま見たことはあったけど……実際に、自分がこの授業を受けることになるなんてね」

そんなナムルスの呟《つぶや》きに、ぎょっとするグレン。

「えっ？　お前、この授業、参加する気なの？　見学しねーの？」

「は？　当然、参加するに決まってるでしょう？」

ナムルスが冷たい眼でグレンを睨《にら》んだ。

「あー、いや、今のお前はルミアじゃねーんだし……その……別に、無理しなくていいんだが……？」

「へぇ？　グレン……貴方《あなた》、ひょっとして私をバカにしてる？　戦えないって思ってる？」

そんなグレンへ、ナムルスが斬《き》りつけるように言い捨てた。

「ふん。気が遠くなるほど遥《はる》か太古……私は外宇宙の邪神《じゃしん》共とずっと戦い続けてきたの。はっきり言って、私はこの中の誰よりも圧倒《あっとう》的に強いわ」

「なんか前半部のえらく不穏《ふおん》な言葉が超《ちょう》気になるが……マジか？」

「ええ、マジよ。というより……私に勝てる〝人間〟なんて、この世界にいるのかしらね？　くすくす……」

圧倒的な存在感と畏怖《いふ》を纏《まと》い、ナムルスが妖《あや》しく微笑《ほほえ》む。

「あ、あのー……なおさら、お前にこの授業、受けさせたくなくなって来たんですけど……？」

「黙《だま》りなさい。言ったでしょう？　今日の私はルミアとして過ごすの。邪魔《じゃま》するなら消すわよ？」

思わず背筋が凍《い》てついてしまいそうな凄みを放ってくるナムルス。

これは言っても聞かないやつだとグレンは悟《さと》った。

「あああああ、もうっ！」

グレンは嫌《いや》な予感しかしないこの授業の行く末に、頭をかいて天を仰《あお》ぐ。

「絶対に手加減しろよ!?　怪我《けが》人とか死人とかマジ勘弁《かんべん》だからな!?」

「ふん、絶対的強者がか弱き者に配慮《はいりょ》するのは当然のことよ。……安心なさい。貴方の生徒達には、傷の一つもつけないわ」

グレンはそんなナムルスの言葉を信じるしかなく……しぶしぶと試合を組み始めるのであった。

そして――

一対一の決闘《けっとう》戦が始まる。

「くっ……」

その時、フィールドに立つシスティーナは、冷《ひ》や汗《あせ》が止まらなかった。

「ほら、かかってきなさいよ」

対戦相手は——ナムルス。彼女は妖しく微笑しながら、悠然《ゆうぜん》とシスティーナの前に立ちはだかっている。

（くっ……ナムルスさん……ッ⁉）

最近、急成長を果たし、授業での魔術戦では負け知らずのシスティーナ。

そして、それ相応の自信もある。

なのに……

（なんなの……この感覚ッ⁉）

ナムルスと対峙《たいじ》したシスティーナは、何をどう彼女へ仕掛《しか》けても、それを遥か天の領域で上回られ、圧倒される——そんな嫌なイメージが拭《ぬぐ》えなかったのだ。

「システィーナ……何をそんなに怯《おび》えているの？」

対するナムルスが薄《うす》ら寒《ざむ》く嗤《わら》う。

どこまでも低く、暗く嗤う。

その黒を基調とした格好が、まるで地獄《じごく》からやってきた死神のように幻視《げんし》させてしまう。

「「「…………ッ!?」」」

それは観客の生徒達も同じで、彼らは全身に大量の冷や汗をかきながら、固唾《かたず》を呑《の》んで、試合の行く末を見守っていた。

「別に取って食いはしないわ。胸を貸してあげるから、遠慮《えんりょ》なくかかってきなさい」

そのナムルスの態度は、システィーナの神経を逆なでするが……

(駄目……ッ! ナムルスさんは……何かが違《ちが》う!? やっぱり、勝てる気がまったくしないッ!)

システィーナを支配するのは、さらなる絶望的な敗北の予感だけだ。

……だが。

(でも、戦わずして引くことはできないわッ! これも……私が今後成長するための良い経験と思えばッ!)

システィーナは覚悟《かくご》を決めて——

「《雷精《らいせい》よ》——ッ!」

呪文《じゅもん》を叫び、その左手の指先をナムルスへと向けた。

その指先から放たれた紫電《しでん》が、ナムルスへ向かって真っ直ぐ飛ぶ。

最近、ますます磨《みが》かれたシスティーナの呪文詠唱《じゅもんえいしょう》速度と精度に、見守る生徒達も思わず息を呑むが――

（駄目。……駄目！　放った瞬間、強烈《きょうれつ》に悟らされた！　どうやっても捌《さば》かれる！　反撃《はんげき》を貰《もら》っちゃう――）

濃厚《のうこう》なる敗北の気配が、猛烈《もうれつ》にシスティーナの背筋を駆《か》け上って――

「……フン」

対するナムルスは悠然と薄く笑い、自分へ向かって飛んでくる紫電へ向かって、小バエを払《はら》うかのように、ふわりと手を振《ふ》って――

バチバチバチバチバチバチーーッ！

「わきゃんっ!?」

――そのまま、もろに紫電を喰《く》らって、思いっきり感電するのであった。

「……あれ？」

どこかで見たことある光景に、唖然《あぜん》とするシスティーナと生徒達。

「……うん？　え？　え、えーと……勝者……白猫？　ん？　マジ？」

眼を点にする審判《しんぱん》のグレン。

ていた。

「……え？　あ、あれ……？」

大の字になって、その場に倒《たお》れたナムルスが、眼をぱちくりさせながら、ぶつぶつ呟いていた。

「なぜ？　私、あの程度の構成の呪文なら《分解》できるはずなのに……」

そして——一同が狐《きつね》に摘《つ》まれたような表情となる中、ナムルスの次の試合が始まった。

相変わらず、ナムルスの強者的オーラだけは圧倒的で、対峙した生徒は、絶望的な敗北の予感を余儀《よぎ》なくされるが……

「覚悟なさいっ！」

「ひいっ⁉」

試合開始後、そのナムルスの存在感に怯えまくっていたセシルが、ナムルスが振り上げた手に、思わず眼を瞑《つぶ》ってしまう。

だが……

「…………ッ⁉　……あれ？」

呪文は何も飛んで来ない。

セシルが恐《おそ》る恐る眼を開くと……

「え？　……な、なぜ？」

当のナムルスは、セシルに向かって指先を突《つ》き出す仕草を、何度も繰《く》り返《かえ》していた。だが、その指先からは何も放たれない。

「ど、どうなっているの？　私の《無音詠唱《えいしょう》》……」

愕然《がくぜん》としているナムルスへ。

「え、えーと……《雷精の紫電よ》」

セシルが控《ひか》えめに【ショック・ボルト】を放って……

バチバチバチバチバチーーッ！

「ひゃんっ⁉」

再びナムルスは、無様な敗北を喫《きっ》してしまうのであった。

「……なるほど」

地面に倒れたナムルスが、皮肉げに口元を歪《ゆが》めて、ぽつりと言った。

「身体《からだ》が人間のルミアだから、本来の私の力……まったく出ないのね」

「……早く気付けよ」

ナムルスの近くに寄ってきたグレンが呆《あき》れたように呟いていた。

「で？　どうするんだ？　もう大人しく見学しとくか？」

だが、ナムルスは身を起こし、グレンの気遣《きづか》いを容赦《ようしゃ》なく突っぱねた。

「言ったでしょう？　私は今日一日、学院の授業を受けるの！　それに勝負はまだこれからよ！　異世界の神殺しの力がいかなるものか——貴方達のその目に焼き付けてあげる！」

「……へいへい。それ、ルミアの身体なんだから、ほどほどにな……」

まだ、やる気満々のナムルスに、グレンは溜息《ためいき》を吐《つ》くしかなかった。

——結局。

その日、ナムルスは全敗した。

曰《いわ》く本来の力？　が使えないせいか、今のナムルスは、三説詠唱すらおぼつかないという、グレン以下のヘボ魔術師《まじゅつし》であったのだ。

それでもムキになって、試合を続けるナムルス。

試合の最後の方は、皆《みな》、どこか申し訳なさそうに、ナムルスをそっと倒すのであった。

「ふん……まぁ、仕方ないわね」

屈辱《くつじょく》の魔術《まじゅつ》戦教練終了《しゅうりょう》後、ナムルスはふてぶてしく言った。

「嫌よ！」

「本来の力が出せないんじゃ、この結果も仕方ないわ。化け物を倒すのはいつだって人間。人外の存在が、人の子らに負けて地を舐《な》める……まぁ、いい経験だったわ」

ジャラリと髪《かみ》をかきあげながら、ナムルスは、大物風を吹《ふ》かせるが。

「ナムルス……お前、ちょっと涙目《なみだめ》になってるぞ？」

グレンのぼそりとした指摘《してき》に。

「………………」

ナムルスはぷいっとそっぽを向くのであった。


それからも——ナムルスは何かとグレンを振り回し続けた。

魔術薬学の授業にて——

「う……え、ええと……？　これを……こうして……？」

ナムルスが額に脂汗《あぶらあせ》を浮《う》かべながら、小型火炉《かろ》の上で煮《に》立《た》つ鍋《なべ》の中へ、おっかなびっくり素材を入れている。

鍋をかき回すナムルスのガラス棒が、プルプル震《ふる》えている……

「ルミアのやつ……本当に、今日はどうしたんだ……？」

「魔術薬学は、彼女の独壇場《どくだんじょう》だったはずなんだが……？」

「うう……手つきが危なっかしくて見てられないですわ」

ナムルスの拙《つたな》い調合を、周囲の生徒達がハラハラして見守っている。

「おい、ナムルス……お前、不器用にもほどがあるだろ……」

背後のグレンが呆れながらぼやく。

「う、うるさい！　まだ、この身体に慣れてないだけよ！　い、今は話しかけないで！」

薬草をナイフで歪《いびつ》にカットし始めるナムルス。そのぎこちない手付きは、今にも指を詰《つ》めそうであった。

「……や、やってやろうか？」

「要《い》らないわ！　よ、よし……できたぁ……次に、この薬草を煎《せん》じれば！」

ナムルスが鍋の中へ、むんずと摑《つか》んだ薬草を放り入れて──

「ちょ、バカ⁉　順番が違《ちが》──」

ぼんっ！

鍋が爆発《ばくはつ》し、ナムルスは煤《すす》だらけになって、煙《けむり》を吐《は》くのであった。

昼休みにて。

どんっ！

「……なんだ、これ？」

グレンは、ナムルスが教卓《きょうたく》の上に突然《とつぜん》置いた箱を、半眼で眺《なが》める。

「貴方《あなた》のお弁当よ」

不機嫌《ふきげん》そうに、そんなことを言い放つナムルス。

「……はぁ？」

「今日は、ルミアが貴方に作ってあげる日だったでしょう？　だから、私が代わりに作ってきてあげたのよ。ありがたく思いなさい」

「そ、そうか。まぁ、くれるっていうなら、ありがたくもらうけどよ……」

ナムルスのその意外な行動に驚《おどろ》きながらも、グレンは満更《まんざら》でもない。

早速、そのお弁当の蓋《ふた》を開ける。

すると、その中には……奇妙《きみょう》な暗黒物質《ダークマター》がギッチリ詰まっていた。元の食材がなんだったのかすらわからない。

そして、開かれた弁当箱の中から、教室内に広がる筆舌に尽くしがたき刺激臭《しげきしゅう》——

「……う、うわぁ……美味《おい》しそうな玉子焼きだなぁ……？」

「サンドイッチよ」

押《お》し黙《だま》るしかないグレンであった。

周囲の生徒達が固唾《かたず》を呑《の》んで見守る中、二人はたっぷりと沈黙《ちんもく》して。

「……さぁ、食べなさい」

「食えるか、アホォーーッ⁉」

淡々《たんたん》と弁当箱を押しつけてくるナムルスへ、グレンが吠《ほ》えかかる。

「お前な！　この手のイベントでやっていいのは、精々、塩と砂糖を間違《まちが》えるとか、そういう可愛《かわい》らしい失敗までだぞ⁉　俺を食中毒死させたいのか、テメェはッ⁉」

「せっかく、頑張《がんば》って料理したのに、随分《ずいぶん》な反応ね、グレン」

「うるせぇ⁉　お前、この産業廃棄物《はいきぶつ》を料理と申すか⁉　全国の農家に謝れ！　全国の料理人に謝れ！」

「失礼な人。見た目は少し悪いけど、ちゃんと食べられるものを使ってるんだから、食べられるわよ」

どこか憮然《ぶぜん》と応じるナムルス。

「じゃあ、お前、食ってみろよ」

「……いいわよ」

冷ややかにグレンを流し見て、ナムルスはフォークを手に取った。

「私が食べたら、グレンも食べてくれるのね？」

「お、おう……？」

そう言って、ナムルスが謎《なぞ》の暗黒物質《ダークマター》の一部をフォークで刺《さ》して、口に放り込み……もぐもぐと咀嚼《そしゃく》していく。

──次の瞬間《しゅんかん》。

不意に、ナムルスの身体が、びくんっ！　と震えて硬直《こうちょく》し──

「……………………」

その顔色が、みるみるうちに真っ青になっていき──そして。

「う、ぉえええええ……ッ⁉　げほっ！　ぐふっ！　ごほがはっ⁉」

カッ！　と眦《まなじり》が千切れんばかりに眼を見開き、口元を押さえ悶絶《もんぜつ》し始めた。

「げほ⁉　ごほっ⁉　ぐふ⁉　ぁあああああッ⁉　んぁあああああああぁーーッ⁉」

「お、おい？　む、無茶すんな……」

そんなナムルスの尋常《じんじょう》じゃない苦しみようの果てに……

「はぁー……はぁー……ぜぇ……ぜぇ……た……食べたわ……」

顔を死人のように蒼白《そうはく》にしたナムルスは、涙目で荒《あら》い息をつき、グレンをよろよろと振《ふ》り返っていた。

「ほら……ちゃんと問題なく食べられるでしょう？　……食べなさい」

「嫌《いや》だよ⁉」

その場から、迷わず、脱兎《だっと》の如《ごと》く逃《に》げ出すグレンであった。

「あ、こら！　待ちなさい⁉」

そんなグレンを、ナムルスは弁当箱を抱《かか》えて修羅《しゅら》の形相で追いかける。

「た、助けてぇええええーーッ⁉」

そんな二人の追いかけっこは、昼休みの間中、ずっと続くのであった。

そして、それからもナムルスは、授業で、休み時間で、容赦なくグレンを振り回し続け
……

「あ、できた！　グレン、見て！　私が作ったアミュレットよ？　どう？」

「お。大ルーンを、上手《うま》く宝石に刻めたじゃねーか？」

「ふん、当然よ。近代の温《ぬる》い魔術、ちょっと私が本気になれば……」

「ところで、この一個を作るために、お前、幾《いく》つ宝石を駄目《だめ》にしたっけ？」

「…………放っておきなさい」

そして――放課後。

「やっと、今日一日が終わった……」

くたくたに疲《つか》れたグレンが、教室の教卓の上にぐったり突《つ》っ伏《ぷ》していた。

「お、お疲れ様です、先生……」

「グレン、今日は忙《いそが》しそうだった」

システィーナやリィエルが、そんなグレンへねぎらいの言葉をかける。

「ふん、だらしないわね」

一方、ナムルスはグレンへ蔑《さげす》むように言い捨てていた。

「ったく、誰《だれ》のせいだと思ってんだ」

グレンは忌々《いまいま》しそうに、ナムルスを流し見て吐《は》き捨てる。

「まぁ、いい。……ほら、今日一日は終わったぞ、ナムルス」

「！」

そんなグレンの言葉に、ナムルスが押し黙った。

「そろそろ、ルミアにその身体《からだ》を返してやりな。はぁ……これで、ようやっと落ち着ける……」

そんなナムルスの様子に気付かず、グレンが安堵《あんど》の息を吐いて、そう続けた……その時であった。

「……嫌よ」

「は？」

不意にナムルスの口から衝《つ》いて出た否定の言葉に、グレンもシスティーナもリィエルも呆気《あっけ》に取られる。

そんな三人に構わず、ナムルスは机の一角にどかっと腰《こし》をかけ、妖艶《ようえん》に足を交差させて、くすくすと嗤《わら》った。

「……突然だけど。私、しばらくこのままでいることにしたから」

たちまち、不穏《ふおん》な空気がグレンとナムルスとの間に流れ始める。

「……おい、話が違《ちげ》ぇぞ。その身体はルミアのもんだ。とっとと返せ」

「うるさいわね、ルミア、ルミアって……何？　貴方、惚《ほ》れてるの？」

「違《ちげ》ぇよ！　そうじゃねえ！　お前、いい加減にしねえと、マジで心霊《しんれい》手術で駆除《くじょ》すっぞ⁉」

ナムルスの突然の約束反故《ほご》に、グレンが眼を怒《いか》らせて言うと。

ナムルスがくすりと冷酷《れいこく》にあざ笑って……突然、叫《さけ》んだ。

「きゃあああーーっ！　だ、誰か助けてぇえええええええーっ⁉」

「え？　お、おい、お前……」

すると。

「「「ルミア様ぁあああああああああああーーッ!?」」」

「「「いかがされましたかぁあああああああーーッ!?」」」

ルミアファンクラブの面々が、どこからともなく大量に現れ、教室内に怒濤《どとう》の勢いで雪崩《なだ》れ込《こ》んでくる。

「お願い！　皆《みな》、助けて！　あのクズ教師が私に対して、無理矢理――」

「ちょ――」

すると、ルミアが常日頃《つねひごろ》、グレンに対してだけは、特に懇意《こんい》であることも手伝ったのだろう――

「「「この外道教師がぁあああああああああああーーッ！」」」

「「「なんだか知らんが、とにかく許さねぇえええええーーッ！」」」

――いきり立ったファン達が一斉《いっせい》にグレンへと摑《つか》みかかってくる。

「きゃあ!?」

「ん……邪魔《じゃま》！」

人垣《ひとがき》に巻き込まれたシスティーナとリィエルも、最早《もはや》、身動きが取れない。

「ナムルス、てめぇ!?　なんてことしやがる!?　待ちやがれ――」

「あはは！　それじゃ、グレン先生……ごきげんよう？　また、明日……」

生徒達にもみくちゃにされているグレンを薄《うす》ら笑い、ナムルスは教室を悠然《ゆうぜん》と後にするのであった――


「ふん、本当にルミア、ルミア、うるさいんだから」

まんまとグレンを出し抜《ぬ》いたナムルスは、そのまま学院を後にし、正門を出て、街へと繰《く》り出していた。

「それにしても、学院生活か……なるほど、なかなか悪くないわね」

自分でも気付かぬうちに、まるで欲しかった玩具《おもちゃ》を与《あた》えられた幼子《おさなご》のように、純粋《じゅんすい》に笑うナムルス。

「これからしばらくは、退屈《たいくつ》しないで済みそう……」

どこか心を躍《おど》らせながら、ナムルスがそんなことを呟《つぶや》いていた……その時であった。

バチッ！

「――うぐッ!?」

突然《とつぜん》、背中を襲《おそ》った魔術《まじゅつ》の電撃《でんげき》の衝撃《しょうげき》に、ナムルスが目を見開く。全身から力が抜け、がくりと膝《ひざ》が折れ、その場に呆気なく倒《たお》れ伏《ふ》してしまう。

（あ、あれ……？　今の何……？）

薄れ行く意識の中で。

ナムルスは、自分が何者かに抱《だ》きかかえられ、どこかへ連れて行かれるのを、薄ぼんやりと感じていた。

…………。


「……う、……うん？」

ふと、気付けば。ナムルスは、どこか薄暗《うすぐら》い倉庫の中のような場所に転がされていた。

その手は後ろ手に縛《しば》られ、足もしっかりロープで拘束《こうそく》されている。

「……な……何これ……？」

驚《おどろ》いたナムルスが身じろぎをして、周囲の様子を窺《うかが》うと。

「気がついた……？　ルミアちゃん……ひひひ……」

見知らぬ痩《や》せぎすの青年が、そこにいた。その吐く息は荒く、目が爛々《らんらん》と輝《かがや》いており、髪《かみ》はぼさぼさ。全身をすっぽりと覆《おお》うローブ。生理的嫌悪感《けんおかん》を催《もよお》すような男であった。

「……何？　貴方《あなた》……？」

ナムルスが顔をしかめながら問う。

「ルミアちゃん……今日は、あの変な教師、一緒《いっしょ》じゃなかったんだ……よかった」

その男は口元に不気味な笑いを浮《う》かべて言った。

「僕、キミのこと……ずっと見てたんだよ……ようやく、こうしてルミアちゃんと、お話できる……ひひひ……」

「……ちっ」

ナムルスが蔑むような鋭《するど》い目で、忌々しそうに舌打ちする。

「何よ？　貴方。キモッ。ふざけるんじゃないわよ。さっさと私を解放しなさい、このクズが」

猛毒《もうどく》を塗《ぬ》り込んだ容赦《ようしゃ》ない言葉のナイフを振るうナムルス。

すると。

「ち、違《ちが》うぅうううう――ッ！」

男が突然、激昂《げきこう》して、ナムルスに摑みかかり、その首を絞《し》め始めた。

「は――ぁ……ッ⁉　ぐぅ⁉」

「ルミアちゃんはそんなこと言わないッ！　ルミアちゃんはもっと優しくて、天使みたいな女の子なんだッ！　それが、なんだ⁉　そんな街のビッチみたいな格好と言葉遣《ことばづか》いしてぇえええええ――ッ⁉」

「ぐぅ……あ……ッ！」

「許さないッ！　る、ルミアちゃんは……僕を裏切ったんだ……ッ！　許せない……ッ！」

男がナムルスを突き飛ばす。

「がは——ッ⁉」

ようやく首絞めから解放されたナムルスが激しく酸素を求めて喘《あえ》いだ。

「げほっ！　ごほっ！」

「あっ……ごめんね、ルミアちゃん……苦しかった……？」

「こ、この……よくも……ッ⁉」

ナムルスが漲《みなぎ》る憤怒《ふんぬ》の目で、男を呪《のろ》い殺さんばかりに睨《にら》みつける——

「この私を誰だと思ってるの⁉　脆《もろ》くて矮小《わいしょう》な人間風情《ふぜい》が、この私に対してかような狼藉《ろうぜき》——覚悟《かくご》しなさい！　貴方の肉体はすり潰《つぶ》し、心は粉砕《ふんさい》、魂《たましい》は八《や》つ裂《ざ》きにして、冥府《めいふ》にブチ撒《ま》けてやるわ——」

その地獄《じごく》から轟《とどろ》くような言葉は、聞く誰もを震《ふる》え上がらせることだろう。

——だが。

（え……？）

ナムルスは自分の肩《かた》が、唇《くちびる》が……微《かす》かに震えていることに気付いた。

（……な、何？　この感覚……）

それは……ナムルスが気の遠くなるような時の流れの果てに忘れ去ってしまった感情──恐怖《きょうふ》。

矮小な人の器《うつわ》に入ることで、とうに喪失《そうしつ》したはずの感情が……今、蘇《よみがえ》ってしまっていたのだ。

「う、嘘《うそ》……？　こ、この私が？　こんなクズを怖《こわ》がって……？」

ナムルスが愕然《がくぜん》としていると。

「うるさいっ！　ルミアちゃんはそんなこと言わないんだ！」

ぱぁん！　激昂した男が、ナムルスの頬《ほお》を張っていた。

「あ──」

それが決定打であった。

もう誤魔化《ごまか》しようのない恐怖の感情が、心の奥底からとめどなく溢《あふ》れ……ナムルスを呑《の》み込んでいく。

「……っ」

その震えは全身へ伝わり、歯が小さくかちかちと音を立て始めた。

「ご、ごめんね、ルミアちゃん……怖がらせちゃって……でも、全部、ルミアちゃんが悪いんだからね……？」

「……う……ぁ……」

「でも、大丈夫《だいじょうぶ》……ルミアちゃんが、ちゃんと元の天使ちゃんに戻《もど》れるように……この僕が再教育してあげるからね……ほらぁ？」

不気味に笑う男が取り出して見せたのは……どこで入手したのか、あの魔術学院の女子制服と、首輪付きの鎖《くさり》であった。

「——ッ⁉」

思わず息を呑むナムルス。最悪の予感が否応なくナムルスの嫌悪感と恐怖を駆《か》り立ててくる——

今すぐ、この身体《からだ》をルミアに明け渡《わた》して、自分だけは逃《に》げるか？

(そ、そんなことできるわけないじゃない！　あの子を生贄《いけにえ》にするような真似《まね》なんて……ッ⁉　で、でも、だったら、私、どうしたら……ッ⁉)

恐怖に震えるナムルスの思考はひたすら空回りし続け、何も紡《つむ》がない。

「ひひひ……大丈夫……大丈夫だからぁ……まずはお着替《きが》え……」

そう言って、魔手《ましゅ》をナムルスへ伸《の》ばしてきて……

「だ、誰《だれ》か……助け……て……」

何もできないナムルスが、小さく縮こまって、固く眼を閉じると。

——大丈夫だよ、ナムルスさん。

——すぐに、先生が——

心のどこかでそう囁《ささや》かれたような気がして。その囁きには、微塵《みじん》の動揺《どうよう》も恐怖もなく、ただ、誰かに対する信頼《しんらい》に満ちていて——

「——ッ⁉」

ナムルスが、はっと眼を見開いた……その時であった。

「どっせぇえええええいッ！」

ばあんっ！　倉庫の扉《とびら》が外から蹴破《けやぶ》られ、何者かが猛然《もうぜん》と駆け込んでくる。

その男は——

「やっぱ、万が一に備えて、ルミアに探知魔術を付呪しといて、正解だったぜ——ッ！」

「ぐ、グレン⁉」

グレンの登場に、眼を丸くするナムルス。

そして——

「な、キミは、いつも僕のルミアちゃんに纏《まと》わり付くあの教師⁉　くそっ！　僕とルミアちゃんの愛の巣に、一体、何の用――」

「どやかましゃあああ⁉　この変態ストーカー風情がぁあああーーっ！」

「――だぎゃああああああーーッ！」

倉庫内へ飛び込んで来た勢いのまま――グレンはその男を、猛烈《もうれつ》に殴《なぐ》り飛ばすのであった。

「ったく……だーから、今日一日、俺の傍《そば》を離《はな》れるなっつったろ」

「う……ごめんなさい」

ストーカー男をふん縛《じば》って、フェジテの警備官に突《つ》き出した後。

ルミアから分離《ぶんり》して、いつもの実体のない姿へと戻ったナムルスへ、グレンは延々と説教を続けていた。

対するナムルスはしゅんと落ち込み、あの不遜《ふそん》な態度が嘘のようだった。

「ルミアは最近、何者かにストーキングされてる気配があったんだ。これがまた中途半端《ちゅうとはんぱ》に魔術嚙《かじ》ってたやつらしく、今までなかなか尻尾《しっぽ》出さなくてな……まぁ、お前のおかげで、あぶり出せたとも言えるが」

「ま、まぁまぁ、先生……」

苛立《いらだ》つグレンを宥《なだ》めるように、ルミアが言った。

「ナムルスさんも、私も無事だったんだし、もうその辺に……」

「当事者のルミアが許すってんなら、もうこれ以上、責めねえけどよ……」

苛立ったように舌打ちしながら、グレンは、再びナムルスを睨む。

「しかし、お前……なんだって、ルミアの身体を乗っ取ったりしたんだよ？　もういいだろ？　教えてくれよ、こんだけ散々、周囲に迷惑《めいわく》かけまくったんだからよ」

するとしばらくの間、ナムルスは重苦しく沈黙《ちんもく》を保って、明後日《あさって》の方を向き……やがて、ぼそりと答えた。

「さぁ？　少しだけ……羨《うらや》ましかったのかもね。毎日、学院で楽しそうに大騒《おおさわ》ぎしている貴方達が」

そんなナムルスの言葉に、グレンが思わず言葉を失う。

「私には肉体がない。それに、貴方達のように、一緒に騒げる人もいない。……だから……ちょっと戯《たわむ》れに、貴方達の学院の輪に入ってみただけ。それだけ。別に大したことじゃないでしょう？」

戯れ。大したことじゃない。

ナムルスはグレン達へ背を向け、いつものように、淡々《たんたん》とそう言うが……

その背中はどこか小さかった。

「……ったく」

グレンはなんとなく振《ふ》り上げた拳《こぶし》の落としどころを失い、ふて腐《くさ》れたように息を吐《は》いて、
そっぽを向く。

そして――

「もういいわ。私、消えるから」

きっぱり言い切って、ナムルスはグレン達を振り返った。

「ふん、こんな下らない時間、一日でもう充分《じゅうぶん》よ。これから、貴方達の日常には二度と干《かん》
渉《しょう》しないと約束するわ」

そう言い捨てて、ナムルスはルミアをちらりと見て……

「……ごめん」

消え入るようにそう呟《つぶや》いて、そのまま、いつものように幻《まぼろし》の如《ごと》く消え去ろうとする。

だが、その姿が完全に消え失せる――その半瞬《はんしゅん》前。

「ナムルスさん！」

ルミアが呼び止めていた。

「……何？」

「あの……もし、また、学院生活を満喫《まんきつ》したくなったら、遠慮《えんりょ》なく私に言ってくださいね」

「…………」

そんなルミアの申し出に、ナムルスが、目を瞬《またた》かせて硬直《こうちょく》する。

「はぁ？　貴女《あなた》、怒《おこ》ってないの？　私、今日一日で、学院内の貴女の評判を滅茶苦茶《めちゃくちゃ》にしちゃったんだけど？」

「あはは、それは少し困ったなぁ」

ルミアは曖昧《あいまい》に笑って……

「でも、私の評判なんか、どうでもいいんです。ナムルスさん、今日、楽しかったでしょ？　私、ずっと眠《ねむ》ってたけど……なんとなくわかるんです」

「…………」

「それに……私はナムルスさんが、そんな風に一人寂《さび》しくしている方が嫌《いや》かな？　だから……」

「ったく」

すると、グレンも面倒臭《めんどうくさ》そうに頭をかきながら、ナムルスを流し見る。

「まぁ、生徒やりたいってんなら、俺も別に構わんがな……ただし、そん時はもっと大人しくしろよ？　今日みたいなバカ騒ぎは勘弁《かんべん》だからな？」

すると、しばらくの間、ナムルスがグレンとルミアの二人を、交互《こうご》に、じっと見つめる。

やがて。

「ふん……私は、貴方達のそういうところが嫌《きら》いなの」

ナムルスは、けんもほろろに突っぱねて、そっぽを向き……

「でも……ありがとう」

ぼそり、と。辛《かろ》うじて聞こえる声で呟くのであった。

そして。そのまま、ナムルスはルミアを振り返ることもなく——虚空《こくう》へ溶《と》け消えていくのであった。

「あいつ、本っ当に、正体不明のワケワカメなやつだな」

そんなナムルスを見送り、グレンが肩を竦《すく》める。

「でも、いつか来るといいですね。ナムルスさんも、私達の輪に入って、一緒《いっしょ》に楽しく過ごせる、そんな日が」

穏《おだ》やかなルミアの呟きに。

「……そうかもな」

グレンは頭をかきながら、苦笑いするのであった。

そして、後日、学院にて。

「こらぁ！　先生ったら！　また、こんな所でサボって⁉」

「げぇっ⁉　白猫ォ――――ッ⁉」

いつものように大騒ぎする、グレンとシスティーナ。

「あはは……」

それをいつものように優しく見守るルミア。

そんな中、ルミアがふと振り返る。

一瞬《いっしゅん》、そこの木陰《こかげ》に、穏やかに自分達を見守る誰かの姿が見えたような気がして……

「ん？　どうしたの？　ルミア」

「ううん、なんでもないよ」

小首を傾《かし》げるリィエルに、ルミアはくすりと笑顔を向けて。

「ほら、システィ達を追いかけよう？」

「ん。行く」

ルミアはリィエルの手を引き、グレン達の後を追い始めるのであった。

仮病看病☆大戦争

A Totally Sick Struggle

Memory records of bastard
magic instructor

それは──唐突《とうとつ》の出来事だった。

「くっ……」

アルザーノ帝国魔術《ていこくまじゅつ》学院二年次生二組の教室での、とある授業中。

教壇《きょうだん》に立ち、チョークを黒板にのろのろ這《は》わせていたグレンの身体《からだ》が、突然《とつぜん》、ぐらりと傾《かし》いだのだ。

「せ、先生⁉」

「大丈夫《だいじょうぶ》ですか⁉」

「グレン⁉」

そんなグレンの異状に、システィーナ、ルミア、リィエルが席を蹴《け》って、立ち上がった。

そして、教室内の生徒達にざわざわと動揺《どうよう》が蔓延《まんえん》していく。

「な……なんでもねぇよ……ほら、席につけ……授業の続きを……」

すると、膝《ひざ》をついたグレンが、力なく立ち上がろうとする。

だが、身体に力が入らないのか、再びガクンと崩《くず》れ落ちる。

「──ッ⁉」

一同が固唾《かたず》を呑《の》んで見守る中、システィーナ達は居ても立ってもいられず、教壇の上に突《つ》っ伏《ぷ》すグレンの元へ駆《か》け寄《よ》った。

「熱ッ⁉　嘘《うそ》、なんて酷《ひど》い熱⁉」

そして、グレンの額に触《ふ》れたシスティーナが愕然《がくぜん》とする。その身体が、驚《おどろ》くほど熱かったのだ。

見れば、グレンは荒《あら》い息を吐《は》き、額にびっしりと汗《あせ》を浮《う》かべ、その目はどこか焦点《しょうてん》を結んでいない。

「せ、先生、今までそんなお身体で授業をされていたんですか⁉」

「へっ、安心しろ……ただの風邪《かぜ》だ。ぜぇ……ぜぇ……ごほっ……試験も近いんだ……お前らに迷惑《めいわく》をかけるわけには……げほっ……」

グレンはどこか胡乱《うろん》な意識で、システィーナ達の手を払《はら》い、立ち上がろうとする。

「げほごほっ……ほら、お前ら早く席につけ……じゅ、授業の続きを……」

そして、そこまで言いかけたところで……再びグレンの身体が、ぐらりと傾いで。

「……ぐう……」

グレンはそのまま教壇の上に、ばったり倒《たお》れてしまうのであった。

「先生⁉　う、嘘でしょ⁉」

「し、しっかりしてください！」

「グレン⁉　グレンッ！　やだ……やだ……ッ！　目を開けて！」

慌《あわ》てふためくシスティーナ、ルミア、リィエル。この緊急《きんきゅう》事態に騒然《そうぜん》とする二組の生徒達。

当然、その日の授業は全て中止。

その後、明らかに体調の悪いグレンは、特にルミアの強い勧《すす》めで、しばらくの間、学院を休み、自宅療養《りょうよう》をすることになる。

「ごほっげほっ！　馬鹿野郎《ばかやろう》！　何言ってんだ、お前ら……ッ！　今は俺が休むわけにいかねえだろ……ッ⁉」

「もう！　そんな身体と死にそうな顔で何を言ってるんですか⁉　もっとご自愛なさってくださいッ！」

ぐったりと呟《つぶや》きながら抵抗《ていこう》するグレンは、システィーナ達の手によって馬車へと押し込まれ、そのまま帰路につくことになったのであった。

――そして。

「……上手《うま》く行ったぜ！」

そんな、馬車の中での帰り道。

グレンはけろりとして、ほくそ笑み、ガッツポーズをしていた。

「ぐっふっふ！　見たか、この俺の完璧《かんぺき》なる演技ッ！　迫真《はくしん》の仮病っぷりをッ⁉」

……グレンは、相変わらずグレンであった。

「いやぁ、最近、妙《みよう》に忙《いそが》しかったんだよなぁ！　なんつーかもう、生徒達の試験対策指導で、寝不足《ねぶそく》と疲労《ひろう》が溜《た》まりまくって調子悪くてさぁ！　ここら辺でちょっとサボりたいなーって思ってたんだよなーっ！」

そこでグレンは、学院の天才魔導《まどう》工学教授にて変態マスターであるオーウェル＝シュウザーに作ってもらった、とある発明品を使ったのである。

その名も『仮病薬』。発熱に動悸《どうき》、発汗《はっかん》……風邪に非常によく似た肉体反応を引き起こすだけの、あまりに無意味な魔術薬であった。

「たまにはあの変態の発明も役に立つぜ……俺の演技力とこの『仮病薬』が合わされば、ざっとこんなものよ！」

グレンは、先ほど心配そうな目を向けてきた生徒達の不安げで痛ましい表情を思い返す。

恐《おそ》らく、あの場でグレンの仮病を疑っていた者は誰一人《だれひとり》いないだろう。

ほんのちょっとだけ、なぜか心がちくちく痛むが……

「か、関係ないな！　と、とにかく俺はマジでぶっ倒れそうなくらい疲《つか》れてたんだ！　ちょ、ちょっとくらいサボってもいいだろ⁉」

そう、この日のために、グレンはいつも以上に手際よく授業を進行して余裕《よゆう》を充分《じゅうぶん》に持たせ、自習課題までわざわざ用意しておいたのである。

二、三日はサボってもまったく問題ないはずだった。

「よっしゃあ！　久々にゆっくり遊んで過ごすぞぉおおおおーーッ！」

狭《せま》い馬車内に、グレンの子供のような歓声《かんせい》が響《ひび》き渡《わた》るのであった。

一方、その頃《ころ》、教室にて。

システィーナは、ルミア、リィエルと顔を突き合わせて、グレンから渡された自習課題を解きながら……

（……絶対、おかしい）

不機嫌《ふきげん》そうな半眼で、そんなことを思っていた。

（あの時は気が動転していて気付かなかったけど……よくよく冷静になって考えてみれば、絶対おかしい……）

システィーナが眉根《まゆね》を寄せる。

（たまたま授業が進行していて、先生が休んでも問題ない状況《じょうきょう》……なぜか予《あらかじ》め用意されていたこの三日分の自習課題……おまけにセシリア先生とアルフォネア教授が一緒《いっしょ》に帝都《ていと》の学会へ出張中……全部、都合良過ぎない⁉）

鋭《するど》かった。

（こんなタイミングで急病って本当にあり⁉　あいつとの付き合いも長いからなんとなくわかるけど……こんな時は絶対、裏に何かあるわ！）

とてつもなく鋭かった。

それに、システィーナは思い出したのだ――先日、グレンとオーウェルが廊下《ろうか》で、ひそひそこそこそと何事かを相談していたことを。

その時、二人の口からは『薬』、『仮病』、『擬似《ぎじ》的な風邪の症状《しょうじょう》を引き起こす』、『この話は内密に』……みたいな言葉が漏《も》れていた。

あの時は、忙しくて気にも留めなかったが……この偶然《ぐうぜん》にしては、あまりにも揃《そろ》い過ぎた符合《ふごう》と状況証拠《しょうこ》に、システィーナは確信する。

（１００％間違《まちが》いなく仮病だわ！　恐らく仕事をサボるための！）

途端《とたん》、システィーナの腹の底から煮《に》え滾《たぎ》るような怒《いか》りが湧《わ》き起こる。

（なんてやつなの⁉　ほ、本気で心配したのにッ！　思わず泣きそうになっちゃいそうなのを、必死に我慢《がまん》したのに……ッ！）

「ど、どうしたの？　システィ」

「ん。怒《おこ》ってる？」

羽根ペンをギリギリと握《にぎ》りしめるシスティーナに気付き、ルミアとリィエルが不思議そうに小首を傾《かし》げているが、システィーナはそれどころではない。

（ええい、どうしてくれようか……多分、先生がシュウザー教授から『擬似的な風邪の症状を起こす薬』みたいなものを貰《もら》ったのは間違いないはずだけど、証拠がないわ。シラを切られたら終わりよ……）

ぐぬぬ、と。あのロクでなしをどう懲《こ》らしめてやろうか……システィーナが思案していると。

「そうだ……ルミア！」

システィーナは努めて朗《ほが》らかにルミアへ言った。

「そう言えばさ。今、先生って、アルフォネア教授が出張中だから、一人だよね？」

「うん、そうだけど……どうしたの、システィ？」

「うん、私にちょっと考えがあるんだけど……」

システィーナはほくそ笑みながら、とある提案をするのであった。

「いやぁ〜〜ッ！　仕事をサボって、読む小説は最高ですなぁ!?　ジョン＝シープスの最新刊、随分《ずいぶん》と溜まってたからなぁ！」

　グレンは、アルフォネア邸《てい》の居間のソファにどかっと腰《こし》かけ、ガラスのローテーブルに、大量の本と足を投げ出し、悠々《ゆうゆう》自適状態であった。

「おお!?　おおお!?　ここでまさかの新しいヒロイン来ちゃう!?　あのいかにも嫁《い》き遅《おく》れになりそうな女がこう来ちゃう!?　ぎゃははは、いいぞもっとやれ！」

　すると、グレンは本を片手に、テーブルの上に置いたワインボトルを掴《つか》み、ワインを傍《そば》のグラスへと注ぐ。

　そして、本を読みながら、ワインをきゅっとあおり、爪楊枝《つまようじ》でチーズのおつまみをパクリ……

「かぁーっ！　うめぇえええええええーーッ!?　やっぱり昼間っから働かずに飲む酒は最高ですなぁ!?」

　駄目《だめ》人間の極みであった。

「だっはははははーーッ！　仮病《けびょう》最高ぉおおおおおーーッ！　……っと？」

　だが、この世の春を謳歌《おうか》するグレンの身体が、不意にふらりと泳いだ。

「……なんだ？　なんかやけに酔《よ》いの回りが早《はえ》な？　まぁ、疲れてるしな……おまけに
なんか眠《ねむ》いし……」

特に気にするまでもなく、グレンが次の頁《ページ》を開き、ワインを口元に運ぶ。

すると。

カン、カン、カン……表のドアノッカーの音が、屋敷《やしき》内に響き渡った。

「ったく、何なんだよ……人が折角、自宅療養中だって時に……」

そんなことをぶつくさ言いながら、グレンは一応確認しようと、ぼそりと呪文《じゆもん》を呟き、
遠見の魔術を起動した。

すると、グレンの視覚が遠くへ飛び、玄関《げんかん》前に立っていた人物を捉《とら》える……

「先生、起きてるかな？　お邪魔《じやま》じゃないといいんだけど……」

「……安心して、ルミア。絶対、起きてるから」

「？　システィーナ、なんか怖《こわ》い」

「──げッ⁉　なんであいつらがこんなところに⁉」

ぎくり、と。グレンがワイングラスを取り落としかける。

そこに居たのは、ルミアにシスティーナにリィエル……いつもの三人組であったのだ。

そして、ルミアは花を、リィエルは果物の篭《かご》を抱《かか》えている。

察するにこれは――

「ま、まさかお見舞《みま》い⁉　よ、余計なことを――ッ⁉」

拙《まず》い。実に拙い。

アルフォネア邸の鍵《かぎ》は、魔術鍵《まじゅつかぎ》だ。

セリカがあの三人娘《むすめ》に鍵呪文《かぎじゅもん》を渡しているのはグレンも知っている。

居留守を使っても、グレンの様子を確認するため、邸内《ていない》に入ってくるかも――グレンがそう思い至ったとき。


「――《解錠《かいじょう》》」


案の定、システィーナが目を瞬《またた》かせるルミアやリィエルを余所《よそ》に、玄関口の鍵を開けていた。

(や、ヤベェェエエエエエエエエエエエエエエエエ――ッ⁉　仮病がバレたら白猫《しろねこ》に殺される⁉)

グレンは慌《あわ》てて居間を飛び出て、可能な限り足音を殺して階段を駆《か》け上がり、自室へと駆け込《こ》む。

念のため、ポケットに入れておいた『仮病薬』の小瓶《こびん》から薬をもう一口含《ふく》んで、ベッドに飛び込み、毛布をばさりと被《かぶ》る。

グレンがドキドキしながら待っていると、やがて部屋の外の廊下から三人娘達の気配が近づいてきて……

こん、こん、こん。

「あの……失礼します。先生、起きてらっしゃいますか？」

やがて、控《ひか》えめに入り口扉《とびら》がノックされた。

「げほーっ！　ごほーっ！　あ、あぁ……起きてるぞ……」

グレンがわざとらしく咳《せき》をして、いかにも辛《つら》そうにそう応じる。

すると、扉が開かれ、三人娘達がグレンの前に現れるのであった。

「な、なんだ、お前ら来てたのか……すまん、意識が朦朧《もうろう》としてたから……気付かなかった……ごほっ」

辛そうに（演技して）、のそりと身を起こし、グレンは言った。

「お辛いところ、ご訪問してしまって申し訳ありません」

「グレン……大丈夫《だいじょうぶ》？」

ルミアとリィエルが心配そうに言った。

「ぜぇ……ぜぇ……あんまり大丈夫じゃねえが……その様子はなんだ？　お見舞いか？　悪いな……お前らも忙《いそが》しいだろうに……ごほっ！」

迫真《はくしん》の演技をするグレン。

「ったく、不甲斐《ふがい》ねえなぁ……げほっ……こんな大事なときに、お前らの傍に、いてやれないなんてよ……教師失格だぜ……ごほっごほっ……」

「いいえいいえ、お気になさらないでください」

「ん。グレン……今は休んで」

ルミアとリィエルに、疑う様子はまるでない。

俺、俳優になれるな……グレンはそんなアホなことを思った。

「……まぁ、あんがとな……どうも病気しちまうと、気が弱って、心細くてな……様子を見に来てくれただけで嬉《うれ》しいよ……ごっほごっほっ！」

グレンの熱演は続く。

「……だが、お前ら、そろそろ帰れ。お前らに風邪《かぜ》を感染させたら悪《わり》ぃし」

だが。

「いえ、そういうわけにもいきませんよ、先生」

ルミアは朗らかに言った。

「今、先生はお一人なんですよね？」

「あ、ああ……セリカいねえし」

「だから、システィの提案で、今日は私達が先生の看病をしようってことになったんです。安心してくださいね」

「……え？」

思わぬ話の運びに、グレンの表情が引きつる。

（よ、余計なことをぉーーッ⁉）

だが、それを表に出すわけにはいかなかった。

「ごほーっ！　ごほーっ！　ちょ、待て……そんなの悪い……」

「ダメですよ。お食事とか、身の回りの世話とか、病気の先生一人でどうするおつもりなんですか？　ちゃんとしないと治るものも治りません。だから私達に任せてください」

「ん！　わたし頑張《がんば》って看病する！　グレンに早く元気になってもらう！」

純粋《じゅんすい》なる善意で意気込む、ルミアとリィエル。

これはとてもじゃないが、断れる雰囲気《ふんいき》ではなさそうであった。

というか、倒《たお》れるほど酷《ひど》い風邪という設定からすれば、ここで断る方が不自然極まりない話である。

「う……うう……じゃ、じゃ……頼《たの》んじゃおう……かな……げほごほ」

「はい、任せてください」

「ん、任せて」

グレンに頼《たよ》られ、ルミアが花のように笑い、リィエルがふんすと鼻を鳴らして胸を張った。

（や、やれやれ……なんか話がとんでもないことになってきちまった……）

グレンが溜息《ためいき》を吐《つ》くと。

「ねぇ、先生……」

意気込むルミアやリィエルとは裏腹に、どこか冷めた表情のシスティーナが、ぼそりとグレンだけに聞こえるように呟《つぶや》いた。

「ど、どうした⁉　白猫！　ごほっごほっごほっ！」

どこか裁定を待つ罪人のような気分で、グレンはシスティーナを見る。

「一つ聞きたいんですけど……さっきここに来る前に居間をチラッと見たんですけど……やけに散らかってましたね」

「え⁉　そ、そうだったっけ⁉」

どきりとしながらグレンが応じる。

「はい……本やら、飲みかけのお酒やら……」

「え、ええっと⁉　そ、それは――そうだ、セリカ⁉　セリカだよ！　あいつ忙しいからって、片付けずに出張へ行きやがったんだ！」

グレンがしどろもどろに答える。

「へぇ、そうなんですか……アルフォネア教授って、ジョン＝シープス読むんですか。確か下らない大衆小説だってバカにしてたはずですけど……」

「そ、それは――さっ、最近、あいつジョン＝シープスに目覚めたらしいっすよ⁉　ギャグにバトルにラブコメに素晴らしい作品だって⁉」

「へぇ、そうなんですか……それとアルフォネア教授って、コルク開けっぱなしでボトル放置するような……貴重なワインをあんな雑に扱《あつか》うような人でしたっけ……？」

「そ、そんだけ忙しくて急いでたんじゃないかなぁーっ⁉」

「おまけに先生は、病人として寝《ね》ていたはずなのに、パジャマにも着替《きが》えないで、講師服のまま……」

「ごほごほーっ！　げほごほげほごほっ⁉　ぐわーっ⁉　熱があーーッ⁉　く、苦しいーっ！」

　グレンが露骨《ろこつ》に咳《せ》き込むと。

「せ、先生⁉　ごめんなさい、おしゃべりで負担をかけてしまって！　どうか横になって
ください！」

「グレン！　しっかりして！」

　ルミアとリィエルが心配そうに、そんなグレンを労《いたわ》る。

　が——

「じぃ〜〜〜」

　システィーナだけは憮然《ぶぜん》としたジト目で、グレンの様子を、まるで品定めするように見
つめるのだ。

（こんなタイミングで看病って本当にありか⁉　白猫との付き合いも長いからなんとなく
わかるぜ……こいつ絶対、俺の仮病を疑ってやがる！）

　わざとらしく咳き込みながら、グレンは不倶戴天《ふぐたいてん》の敵のように、システィーナをちらり
と流し見る。

　その一瞬《いっしゅん》、システィーナがどこか冷たく微笑《ほほえ》んだ……ような気がした。

（くっそ！　せっかく久々にサボれるんだ……ッ！　バレてたまるかよぉおおおおおお

――ッ!?)

(絶対、その化けの皮を剝《は》いであげるわ! 覚悟《かくご》しなさい!)

目と目でグレンとシスティーナは何よりも雄弁《ゆうべん》に言葉を交わしつつ……

「じゃ、じゃあ……悪い……頼むわ、白猫……頼らせてもらうわ……」

「ええ、いいんですよ! いつもお世話になってますから、遠慮《えんりょ》なく、看病されちゃってくださいね!」

がしっ! と。

二人は美しい握手《あくしゅ》を交わし合うのであった――

そんなわけで。

三人娘達による、グレンの看病が始まった。

「先生、何かあったらすぐに呼んでください。何でも言ってくださいね」

「ん。グレン、ごゆっくり」

ルミアとリィエルは、心底グレンの身を案じるように。

「じぃ~~~~」

システィーナは何かを探るように。

グレンの身の回りの世話を始めるのであった──

ベッドに横たわりながら、グレンは溜息を吐くしかない。

（……勘弁《かんべん》してくれ）

「…………」

ややあって、今、グレンの自室には、システィーナだけがいる。

システィーナは無言でグレンの部屋の掃除《そうじ》をしていた。

「……あの、白猫さん？」

重苦しい沈黙《ちんもく》に耐《た》えきれず、グレンが恐《おそ》る恐る声をかける。

「掃除……長くありません？」

「……何を言ってるんですか？　きちんと掃除をしないと空気が悪くなって、病気の回復が遅《おそ》くなるじゃないですか？」

システィーナは掃除をしながら、グレンの部屋のあちこちを見回し、探っている。

あからさまに何かを捜しているような雰囲気であった。

「いやその……あんまり手間をかけさせるのもなんだし……」

「ふうん？　何か私に見られたらまずい物でもあるんですか？」

「……い、いや、ねぇけど」

「ならいいじゃないですか」

そう言って、クローゼットを開いて、中の衣服を整理し始める……

(こ、こいつ！　完全に『仮病薬』を探してやがる！　決定的な証拠《しょうこ》を掴《つか》む気でいやがる！)

どこまで勘《かん》が鋭《するど》いんだ、この白猫は。

グレンは戦々恐々《せんせんきょうきょう》とするしかない――


――その一方。

(あるはず！　絶対、この部屋のどこかに『擬似《ぎじ》的な風邪症状《しょうじょう》を起こす薬』みたいなのがあるはず！)

システィーナはカッカした頭で、一心不乱に家宅捜索《そうさく》を行っていた。

こんな失礼なこと、普段《ふだん》の彼女ならば絶対にやらないはずだが、今の彼女は怒《おこ》っていた。

頭に血が上っていた。

グレンが倒れた時、本当に心底、心配したのだ。自分が普段からグレンに負担をかけてるから……と、一時は本気で悩《なや》んだのだ。

まだ、システィーナ視点からすればほぼ黒に近いグレーだが、心配の感情がくるりと反転したせいで、冷静さを完全に失っていた。

（どこ？　どこに隠《かく》したの？　こんな唐突《とうとつ》な訪問で、証拠を隠すとしたら自室が一番可能性が高い……絶対、探し出してやるんだから！）

そんなことをカッカと考えながら。

システィーナは掃除のフリをして、グレンの自室を探し続ける。

……やがて。

（……？）

システィーナは、書架《しょか》に並ぶ本の一部分が出っ張っていることに気付く。その部分だけ本が奥まで入りきっておらず、少し浮《う》いているのだ。

（……何これ？）

システィーナが何気なく、その本に手をかけようとすると……

「ストォオオオオオップ⁉」

グレンが突然《とつぜん》、跳《は》ね起き、そんな叫《さけ》び声を上げた。

「そ、そこは触《さわ》るなッ！」

そんなグレンの予想外のリアクションに、システィーナは瞬時《しゅんじ》に確信する。

（なるほど！　ここねッ⁉　ここに隠したのね⁉）

グレンの言葉を聞かず、システィーナはその周辺の本を一気に引き抜《ぬ》く。

すると、この本棚《ほんだな》は二重棚《だな》だったらしく、奥にスペースがあったのだ。

そして、その不自然な隙間《すきま》に、何かが置いてあるのが見えた。

(ビンゴッ!)

「や、止《や》めろ! 止めろぉおおおおおおおおおーーッ!? それだけは止めてくれぇええええーーッ!?」

グレンが慌《あわ》てて、システィーナの所へ駆《か》け寄ってくるが——もう遅い。

システィーナは本棚の間の隙間に手を突《つ》っ込《こ》み、そこに隠されていた何かを一気に引きずり出して——

「…………」

「…………」

——気まずい沈黙が、二人の間を支配することとなった。

「……え?」

硬直《こうちょく》するシスティーナ。

その手が摑んだのは……雑誌だった。ナイスバディな女の子達が、際どい水着姿で妖艶《ようえん》なポーズを取っている写像画が、めくる頁《ページ》、めくる頁に大量に掲載《けいさい》されている。

雑誌名は『真夏倶楽部《くらぶ》』。

いわずもがな、ちょっとエッチな大人向けの大衆雑誌であった。

「……こ、これって」

頬《ほお》を引きつらせるシスティーナ。

「いや、あの……その、だから」

頬を引きつらせるグレン。

「べ、別にいいだろ⁉ お、俺だって、ほら⁉ 健康な男子なわけだし⁉ そういう本の一冊や二冊、持ってたっておかしくないし⁉」

聞かれもしないのに、目を泳がせて声を裏返し、しどろもどろに弁明するグレン。

「て、ていうか、男の子なら、そういうことに興味持ってこそだと思うね、うん！ そういうことに興味持たなくなっちゃったら、それはもう男として失格だよね⁉ そう、つまり俺がこういう本を隠し持っていたってことは男の甲斐性《かいしょう》ってやつなわけで——」

グレンは完全にテンパっていた。

やがて。

「……一つ聞きたいんですけど」

ようやく止まっていたシスティーナの時間も動きだす。

「お、おうっ⁉ なんでも聞きやがれっ⁉」

「この雑誌に載《の》ってる女の子……皆《みな》、お胸がとても大きいですね……？」

「そ、そ、そうだなっ！」

「先生って、こういう女の子が好きなんですか……？」

「と、と、と、当然っ！」

グレンはとてつもなくテンパっていた。

「きょ、巨乳《きょにゅう》こそ男の浪漫《ろまん》で、この世界の真理だッ！ いや、わかる！ 惚《ほ》れた女の胸こそ至高という理想主義もよーくわかるし、それも一つの真理だと思う！ だが、たとえ原理主義者と罵《ののし》られようとも、男として生まれたからには、俺は女の子のバストサイズに妥《だ》協《きょう》はできないッ！ 女の子達に失礼だとは思うし、俺もバカだと思うが、やっぱり男としては大きさに憧《あこが》れを抱《いだ》くものなんだッ！ 本能がそれを欲《ほっ》しているんだッ！ それは嘘《うそ》偽《いつわ》りのない生物学的な事実ッ！ それを、俺はこの昨今のフェミニズムが浸透《しんとう》し、言いたいことも言えない世の中に対し、強く強く主張したいッッッ！」

開き直ったのか、テンパっているせいか、グレンは最低かつ意味不明なことを一気にまくし立て——

「………………ッ！」

システィーナは、自分の胸と雑誌の女の子の胸を、ちらちらと比較《ひかく》しながら、ぶるぶる震《ふる》えていき――

そして。

「こ、この《バカ》ぁあああああああああああああああああー―ッ！」

「ふんぎゃあああああああああああああああー―ッ！　なぜに⁉」

システィーナが涙目《なみだめ》で呪文《じゅもん》を叫び、巻き起こった突風《とっぷう》が、グレンの身体を、窓を突き破らせて吹《ふ》き飛ばすのであった――

「もう、システィったら！　ダメでしょう？　先生は具合が悪いんだよ？」

「だって……だってぇ……ッ！」

騒《さわ》ぎを聞きつけ、珍《めずら》しく少々ご立腹なルミアが、涙目なシスティーナの手を引いて連れて行くのであった。

「ん。わたしがグレンの看病をする」

代わりに、グレンの自室にやってきたのは、リィエルであった。

「はぁ……お前か」

「……ん」

リィエルは、グレンが横たわるベッドの傍《そば》の椅子《いす》にちょこんと腰《こし》かけ、じっとグレンの顔を見つめるだけだ。

「…………」

「…………」

ひたすら無言の時間が続く。

かっち、こっちと柱時計の刻む音だけが小さく響《ひび》き渡《わた》る。

正直、システィーナの時より何百倍も気は楽だった。

「……思い出すな」

不意に、グレンがぼそりと言った。

「俺の帝国《ていこく》軍時代……お前が熱出して倒《たお》れた時、面倒《めんどう》見てやったことがあったな。あの時とは立場が逆だな」

「……ん。その時、グレンはわたしに果物とか切ってくれた」

「あったな、そんなことも」

ふっ、と笑うグレン。

(まぁ、俺が望むサボりの形と、ちょっと違《ちが》うが、たまにはこんなのも悪くねぇか……)

それに、なんだか眠《ねむ》くなってきた。

先ほど、ほんの少しだけ口にしたワインが思った以上に効いたらしい。

（なんかちょっと、身体《からだ》も重いし、しばらく寝《ね》とくか……）

グレンがその眠気《ねむけ》に任せて、瞼《まぶた》を閉じようとすると。

「そうだ、グレン。わたし果物切る。昔、グレンがやってくれたように」

リィエルが思いついたように、そう言った。

「お、切ってくれるか？　だが、お前にできるかぁ？」

「大丈夫《だいじょうぶ》。わたし、切るのは得意」

そう得意気に言って、リィエルは近くのテーブルに置いてあった果物篭《かご》からリンゴを取り出し、フルーツナイフを手に取った。

「ふん……じゃあ任せた。美味《おい》しく切ってくれよ？」

「ん。任せて」

そう短くやりとりして。

リィエルはリンゴにナイフを入れ始めた。

（なんつーか、こんな時が来るとはねぇ……）

あの時、看病しても人間らしい反応を何一つ見せなかった人形みたいな少女……そんな彼女から、こうして心配されて、お世話をされる。

兄貴分のグレンとしては、ちょっと感慨《かんがい》深いものがあった。

（……ここは、やりたいようにやらせてやるか……）

そう思って、グレンは目を閉じ、リィエルがリンゴにナイフを入れる心地良い音に、しばし身を任せるのであった。

シャリ……シャリ……ざくっ！

シャリ……シャリ……ぶしゅっ！

（……ん？）

グレンは気付く。

リィエルがナイフでリンゴの皮を剝《む》く小気味良い音に、時折、何か鈍《にぶ》い音が交ざる。

シャリ……ざくっ！

どしゅっ……ぱたたた……

そして、少し粘性《ねんせい》のある水滴《すいてき》が、床《ゆか》へ滴《したた》り落ちるような音……

（おい……ちょっと待て。なんでリンゴ切るのにそんな音がする？）

だらだらと。脂汗《あぶらあせ》がグレンの全身から噴《ふ》き出す。

目を開けろ、すぐ開けろ、リィエルの様子を見ろ。

全身全霊《ぜんしんぜんれい》でそう警鐘《けいしょう》を鳴らしているのに、グレンは怖《こわ》くて目を開けられない。

どしゅっ、どしゅっ、ぶすっ！

「……あ」

（な、何が起きてるんだ⁉　あ、ってなんだ⁉　あ、って⁉）

怖い、怖いが──

「ええい、ままよッ！」

グレンが目を開いて、がばっと身を起こし、リィエルを振《ふ》り返るのと……

「ん。できた」

リィエルがそんなグレンの鼻先へ、何かを突き出すのは同時だった。

その何かは、歪《いびつ》に切り分けられて器《うつわ》に盛られたリンゴだが──問題はそこじゃない。

問題なのは、リンゴはもう皮をすっかり剝かれた状態だというのに、全体的に真っ赤だったという点だ。

そう、そのリンゴは血塗《ちまみ》れだった。

「ギャーーーーーーーーッ⁉　さ、殺人事件⁉」

「グレン……食べて」

どこか誇《ほこ》らしげなリィエルの右手にはべったりと血に染まったナイフが握《にぎ》られていて
……左手は無数の斬痕《きりあと》が刻まれ、血塗れであった。

これではリンゴを切っていたのか、手を切っていたのか、わかったものではない。

「やらせるんじゃなかったッ！」

頭を抱《かか》えるしかないグレン。

「ねぇ、食べて」

「食えるかアホぉーーッ⁉　そんなことより手！　手を見せろぉおおおおおおおおーーッ！」

慌《あわ》ててグレンは、リィエルの無惨《むざん》に切り刻まれた左手を消毒し、法医呪文《ヒーラー・スペル》を施《ほどこ》すのであった。

それからも、リィエルの看病は大変なものであった——

「はい、グレン。氷嚢《ひようのう》持ってきた。額に置くから。これで熱、下がる」

いそいそ、と。

疲《つか》れたようにベッドに横たわるグレンの額へ、リィエルが氷嚢を置く。

すると。

「おお、気持ちいいぞ……って、ぐわぁあああああああーーッ⁉」

途端《とたん》、頭を襲《おそ》った割れ砕《くだ》けるような痛みに、グレンは額の氷嚢をはねのけて、ベッドから飛び起きる。

「冷てぇ！　というより痛《いて》ぇえええッ！　なんだ、その氷嚢!?　一体、何が入ってやがる!?」

ズキズキ痛む額を押さえながら、グレンが涙目で抗議《こうぎ》すると。

「ん。グレンの熱を早く下げて、早く元気になってもらいたいから……錬金術《れんきんじゅつ》で空気中の二酸化炭素からドライアイスを錬成《れんせい》して、氷嚢の中に入れた。どう？　冷える？」

「馬鹿野郎《ばかやろう》ッ！　殺す気か!?」

凍傷《とうしょう》を負わされそうになったり——


ぱりんっ！

「あ、体温計割れちゃった。ん……なんだろう、この銀色の液体？　きらきらしてる。……綺麗《きれい》」

「そっ、それに触《さわ》るなぁあああああああああああああーーッ!?」

床に落ちて割れた水銀体温計を素手で触ろうとするリィエルを、慌てて引き止めたり
——

リィエルは一生懸命《いっしょうけんめい》、献身《けんしん》的にグレンを看病しようとするが、ミスとトラブルの連続で、グレンの心労と疲労《ひろう》は溜《た》まる一方であった。

おまけに善意100%なのが、なおさら性質《たち》が悪い。

と、いうわけで――

「もう、リィエルったら！　ダメでしょう？　先生は具合が悪いんだよ？」

「むぅ……」

騒ぎを聞きつけ、珍しく少々ご立腹なルミアが、ちょっと悲しそうなリィエルの手を引いて連れて行くのであった。

「つ、疲れた……疲れてきた……」

ようやく静かになった自室で、グレンはベッドの上でぐったりとしていた。

心労のためか、心なしか気分も悪くなってくるのであった。

「ったく……やれやれ。サボるのも一苦労だぜ……」

しばらくして。

もよおしてきたグレンは部屋を抜《ぬ》け出してトイレで用を足し、そのままの足で部屋へと戻《もど》ろうとする。

その途中《とちゆう》、厨房《ちゆうぼう》で人の気配を感じ、なんとなく覗《のぞ》いてみた。

すると。

「～～♪」

ルミアがご機嫌《きげん》そうにハミングしながら、調理台で火にかけられた鍋《なべ》をかき回していた。

「……おぉ」

思わず、そのルミアの横顔に見とれてしまうグレン。

ルミアは髪《かみ》をアップに纏《まと》め、エプロンを着けている。その佇《たたず》まいはまるで新婚《しんこん》ほやほやの新妻のようであった。

台所で調理台に向かって作業するエプロン姿の女の子に、どうにもぐっと来るものを感じるのは、男の性《さが》だろうか？　……グレンがそんなことを考えていると。

「あ、先生？」

扉《とびら》から覗くグレンの視線に気付いたルミアが、一瞬《いっしゅん》、嬉《うれ》しそうに微笑《ほほえ》み、すぐに聞き分けのない子供を叱《しか》るように、めっとする。

「もう、ダメですよ？　ちゃんと寝てないと」

「あ、ああ、すまね。ちょっと、トイレ行ってたんだ。すぐ戻るさ」

「はい、後のことは私に任せて、ゆっくり休んでくださいね」

殊勝《しゅしょう》にグレンが謝ると、やはりルミアは朗《ほが》らかに微笑む。

どうにも照《て》れ臭《くさ》くなったグレンは、頭をかきながら言った。

「えっと、その……お前、何を作ってるんだ？　夕食か？」

「いえ、そうではなくて……ちょっと薬を調合していたんです」

「薬？　ひょっとして俺の？」

「はい。私、風邪《かぜ》に良く効く薬のレシピを知ってるんです」

そうか、これは料理の鍋ではなく、薬の鍋だったのか。

だがそれでも、ルミアのような可愛《かわい》い女の子が、こんな自分のために骨を折ってくれていることは、純粋《じゅんすい》に嬉しい。

グレンが思わず頬《ほお》を緩《ゆる》めていると。

「……ん？」

グレンはふと、気付いた。

その鍋の隣《となり》に並んでいるものは……

毒々しい色合いのキノコ……正体不明の骨……百足《むかで》のような蟲《むし》……苦悶《くもん》の表情を浮《う》かべた人面石……

どれもこれも怪《あや》しく、禍々《まがまが》しく、不気味な素材ばかりで、まともな物が何一つない。

「あ、あの……ルミアさん？　その薬は……？」

「はい。実は先生の病気……私の見立てでは結構、性質の悪いものだと判断しまして……だから、帝国《ていこく》王室秘伝の……お母さん直伝の秘薬を調合することにしたんです」

にっこりと。邪気《じゃき》なく笑うルミア。

がんがんっ！　と、ルミアがその笑顔のまま、謎《なぞ》の人面石を金槌《かなづち》で叩《たた》く。すると人面石が、ォオオオ⁉　と苦悶の呻《うめ》きを上げて涙《なみだ》を流す。

やがて、ルミアはその砕いた人面石を、鍋の中へ容赦《ようしゃ》なく放り込んだ。

「…………」

よくよく見たら、その鍋の中でぐつぐつ煮《に》えている液体は……なんとも言えない奇妙《きみょう》な色合いに濁《にご》っていた。

（ま、魔女《まじょ》の大釜《おおがま》⁉）

そして、鍋から厨房中に奇妙な煙《けむり》と刺激臭《しげきしゅう》が放たれ……鍋の付近を飛んでいた虫が、その煙と刺激臭にやられ、ぽとりと床へ落ちた。

「えーと、……それ、俺が飲むの？」

「はい。これさえ飲んで休めば、すぐに良くなりますよ？」

にっこり、と。

ルミアがどこまでも邪気なく、穏《おだ》やかに微笑む。

「あ、いや……その……実は俺、そんなに風邪、悪くなくて……」

グレンが真っ青になりながら、しどろもどろに断ろうとしたら。

『キシャーーーーーーッ⁉』

突然《とつぜん》、奇声《きせい》を上げて、鍋の中から謎の触手《しょくしゅ》が何本も突《つ》き出した。

「ひぃいいいいいいーーッ⁉」

『キシャーッ！　キシャーーッ！』

「あ、こら。もう……大人しくしてなきゃダメだよ」

ルミアが笑みを崩《くず》さぬまま、お玉でぐいぐいと、淡々《たんたん》と、悶絶《もんぜつ》の悲鳴を上げる触手を鍋の中へ押し込む。

やがて。

……力尽《ちからつ》きたのか、謎の触手は残らず、鍋の中へと沈《しず》んでいった。

「あの……ルミアさん？」

「はい」

「今、触手出てませんでしたか？」

「はい、出てましたね」

「……な、なんか、すごくうねうねしてませんでした？」

「はい、うねうねしてましたね」

きょとん、と不思議そうにグレンを見つめるルミア。

その顔に悪意や害意はまるでない。

（ちょ、おい……今日の三人娘《むすめ》の中じゃ、ルミアが一番の安パイかと思っていたが……ッ！）

グレンが真っ青の顔のまま、立ち尽《つ》くしていると。

「よし、完成。うん、良いでき」

やがて、ルミアが嬉しそうに微笑みながらそう言い、ガラスの吸い飲みの中に、鍋の上《うわ》澄《ず》み液を注いでいく。

「はい、先生。どうぞ」

「……ぅ」

ルミアがグレンへ手渡《てわた》してきた、吸い飲みの中の薬（劇薬？）の色合いは……やはり、紫《むらさき》とも茶色とも言えない奇妙なものだった。

「ええと、今すぐ飲まなきゃダメ？」

正直、トイレに捨てたい。

だが。

「ダメです。この薬は出来立てが一番効果があるんです。どうか、ここで飲んでいってください」

「…………」

最早、逃《に》げ道はないようだった。

（ど、どうする⁉　飲もうとして、ついうっかりわざと落として、あっはっは、ごめんな！で済ますか⁉）

脂汗《あぶらあせ》をだらだら垂らしながら、グレンがその吸い飲みを睨《にら》む。

だが──

「その、私なんかが差し出がましいかもしれませんが……早く先生に良くなって欲しくて、いっぱい愛情込めちゃいました。ふふっ、なぁんて♪」

そんな風に、茶目っ気たっぷりに言いながらも、どこか気恥《きは》ずかしそうに微笑むルミア。

「この薬の素材代で今月のお小遣《こづか》いはなくなってしまいましたけど……でも、他ならぬ先生のためですもの。後悔《こうかい》はありません。だから、先生。早く良くなってくださいね？」

そんな健気《けなげ》なことを笑顔で言ってくれる少女を裏切れるか？　そんな少女の善意をむげにできるか？

──否《いな》。断じて否だ。

そんなの男のすることじゃない。

「あ、ありがとなッ！　ルミア！」

グレンは男泣きの涙を流す。

もう死ぬ覚悟《かくご》は決まった。

（ちくしょう、見さらせぇッ！　これが男、グレンの生き様じゃぁあああああああああああーーッ!?）

グレンは吸い飲みに口をつけ、中身の薬を一気に、胃の中へ流し込むのであった——

——その後。

「だ、ダメだ……気持ち悪《わり》ぃ……身体《からだ》に力が入らねぇ……」

グレンはぐったりとベッドの上に横になっていた。

ルミアの薬は、苦いだけで意外と普通《ふつう》だった。

だが、あの薬を飲んでしばらくしてから、グレンの体調は徐々《じょじょ》におかしくなりつつあった。

身体がどんどん重くなり、少し寒気までしてくるようになる。

やはりあの薬は見た目通り、なんらかの劇物だったらしい。

「くっそ……ひょっとして、これって天罰《てんばつ》？　こんなことならサボるんじゃなかったぜ……」

グレンが一人、ぐったりとしながらぼやいていた……その時だった。

「……失礼します」

がちゃり、と。

一人の少女が、グレンの部屋に入ってくる。

「げ!?　白猫!?」

「なんですか、その反応……？」

相変わらず不機嫌《ふきげん》そうなシスティーナであった。

「さっき、ルミアとリィエルは夕飯の買い物に出かけました」

「そ、そうか……」

「それで、お食事の前に、私が先生の身体を拭《ふ》いてあげようと思いまして」

見れば、システィーナはお湯を張った桶《おけ》とタオルを持っている。

「……え？　い、いいよ、別に」

「駄目《だめ》です。病気の時は、特に身体は清潔にしておかないと。……それとも」

じろり、と。システィーナがグレンを睨《にら》む。

「もしかして……先生、病気じゃなかったりします？」

「……ぐっ。げほっ、ごほっ！　バカ言え！　こっちの気も知らないで」

慌《あわ》てて咳《せ》き込んでみせるグレン。

「ですよね？　冗談《じょうだん》ですよ。だから、任せてください」

朗《ほが》らかに笑うシスティーナ。

これは、システィーナのされるがままになるしかない状況《じょうきょう》だった。

（ちぃ……仕方ねえ……）

グレンは渋々《しぶしぶ》と、服を脱《ぬ》ぎ始めるのであった。


（屋敷《やしき》中をくまなく探しても、仮病《けびょう》の薬らしきものは見つからなかったわ……これはまだ、先生が肌身《はだみ》離《はな》さず、どこかに隠《かく》し持っているんだわ！　それ以外にないわ！）

その時、渋々とシャツを脱ぎ肌着《はだぎ》姿になるグレンを、システィーナはジト目で見つめながら、そんなことを思っていた。

（ルミアがいない今がチャンスよ！　絶対に、化けの皮を剝《は》いでやるんだから……ッ！　私の心配を弄《もてあそ》んだ罪を償《つぐな》わせてやるわ……ッ！）

そして、未だに頭がカッカしているのであった。

「……あの、白猫。……俺のシャツがどうかしたか？」

グレンの脱いだシャツを手に取り、丹念《たんねん》に調べていたシスティーナが、我に返る。

「いえ……なんでもないです。では、失礼します」

「お、おう……」

どこかぎこちない雰囲気《ふんいき》の中、システィーナは、グレンの身体をお湯で湿《しめ》らせたタオルで拭き始めた。

腕《うで》、肩《かた》、背中……

………。

（……あ、あれ？　私って、ひょっとして、勢いに任せて、とんでもないことやってない？）

グレンの身体を拭きながら、少しずつ冷静になってきたシスティーナ。

目の前には、上半身裸《はだか》のグレンの背中。痩身《そうしん》ながら程良く筋肉質で、無駄《むだ》がない。あちこち古傷だらけだが、まるで古代彫刻《ちょうこく》のように整っている。

そんな背中を前に、システィーナの頬《ほお》が熱くなり、頭がぷしゅーと茹《ゆ》だってくる。心臓はどきどきと早鐘《はやがね》を打つようで、今にも張り裂《さ》けそうだ。

（違《ちが》う！　これは違うの！　これは先生の不正を暴こうとしているだけで、断じて別に邪《よこしま》な意図なんてない！）

すでにシスティーナは、先ほどとは別の意味で冷静ではなかった。

（そうよ！　先生は絶対、身体のどこかに薬を隠してるんだもの！　わ、私はそれを絶対に見つけてやるんだから！）

そんなこんなで。

システィーナは、妙《みょう》に丁寧《ていねい》に長々と、丹念に、グレンの身体を拭いていく……拭いていく……

「………………」

グレンも奇妙《きみょう》な背徳感と気まずさに押《お》し黙《だま》るしかなくて。

やがて、グレンの上半身を一通り拭き終わったシスティーナが言った。

「じゃ、じゃあ、次は下半身ね！　先生、ズボン脱いでください！」

「はぁ!?」

ぎょっとして、振《ふ》り返るグレン。

見れば、システィーナの顔は真っ赤で、目がぐるぐると混沌《こんとん》に渦巻《うずま》いており……とてもまともな精神状態には見えなかった。

「白猫、お前、何言ってんの!?」

「な、何度も言わせないでください！　こ、これは先生のためなんです！」

システィーナが、ぎょっとするグレンの腰《こし》に取り付き、ズボンのベルトに手をかける。

がしっ！

すると、グレンがその手を摑《つか》んだ。

「待てッ！　それだけは洒落《しゃれ》にならん……ッ！　冷静になれ……ッ！」

「その反応……やっぱり……ッ！」

その時、システィーナは確信した。

「やっぱり、ズボンに仮病の薬を隠してたんですね……ッ!?」

「……うッ!?」

ぎくり、とするグレン。

「薬を出してくださいッ！　さぁ、早くズボン脱いで！」

ぎりぎり、と。

冷静さを失ったシスティーナが、グレンのズボンを脱がしにかかる。

「だぁあああああーーッ！　そうじゃねえ！　それもあるが、そうじゃねえ！　お前、今、どれだけヤバい絵面《えづら》かわかってんのか!?　俺とお前は教師と生徒だぞぉ!?」

それを必死に抑《おさ》えるグレン。

普段《ふだん》ならそんな力比べ、勝負にならないはずなのだが……

（くっ……ち、力が入らねえッ⁉）

なんと、今、押し負けているのはグレンであった。

（お、思えば、あのルミアの変な薬を飲んだあたりから、身体の調子がおかしくて……ッ！）

そんなことを考えている間にも、グレンは、システィーナの細腕《ほそうで》に負け、徐々にズボンを脱がされていく……脱がされていく。

「やーーめーーろぉおおおーーッ！」

ばっ！

危ういところで、グレンはシスティーナを振りほどき、ベッドから飛び降りて、距離《きょり》を取った。

「ぜぇ……ぜぇ……ぜぇ……ごほっげほっ！　……ごほっ！」

「ふうん？　今さら演技ですか？　……白々しいですね！」

「ま、参った！　俺の負けだ！　だから、ちょっと冷静になろうな⁉　話し合おう……ごほっ！　ごほっ！」

「だから、いい加減、その仮病の演技をやめてくださいッ！　まだシラを切るんですか⁉　本当に懲《こ》りないんだから！　さぁ、早くズボンを脱いでくださいッ！」

グレンの裸を前にして、しかもその身体にべったり触《ふ》れたことで、年頃《としごろ》の乙女《おとめ》たるシスティーナに、最早《もはや》、冷静な判断能力は失われてしまっていた。

後は顔を真っ赤にして、何かを誤魔化《ごまか》さんと蒸気機関車のように暴走するだけであった。

「いや、別にシラを切ってるわけじゃねえ!?　なんか急に……ごほっ！　げほっ！　あ、あれぇ？」

「そ、そっちがその気なら！　《大いなる風よ》ーーッ！」

システィーナがいつも通り、お仕置きの攻性呪文《こうせいじゅもん》を放ってくる。

「どわぁあああああああああああああああああーーッ!?」

辛《かろ》うじて横飛びでそれをかわすグレン。衝撃《しょうげき》で半壊《はんかい》する部屋。

「た、助けてくれぇええええ!?」

「あ、こら、待ちなさい！」

グレンが慌てて部屋を飛び出すと、システィーナが追いかけてくる。

「逃《に》がさないわよ、先生！　《大いなる風よ》ッ！　《大いなる風よ》ッ！　《大いなる風よ》ーーッ！」

逃げるグレンへ、システィーナが何度も何度も攻性呪文を撃《う》って、追い立ててくる。

グレンは追い立てられるまま、夢中で屋敷《やしき》中を駆《か》け回り──

流れ呪文の余波で、屋敷の中はどんどん滅茶苦茶《めちゃくちゃ》になっていった。

「だぁああああーーッ！　ちっくしょぉおおおッ!?　なんでこうなるんだぁああああーーッ!?」

こんなはずじゃなかったのに。

疲《つか》れたから、ちょっとのんびりサボりたかっただけなのに。

背後から迫《せま》り来る突風《とつぷう》の乱舞《らんぶ》を、必死にかわしながら、グレンが泣き喚《わめ》いていた……その時だった。


どくん。


「あ、あれ……？」

廊下《ろうか》の角を曲がろうとしたとき、足に力が入らずに曲がりきれず、グレンは不意に、がくりとその場に突《つ》っ伏《ぷ》してしまう。

「げほっ……ごほっ……な、なんだ……？　身体《からだ》が……」

立ち上がろうと思っても身体に力が入らない。息が苦しい。頭が痛い。

「ふん、ようやく観念しましたね！　捕《つか》まえましたよ！　……先生？」

追いついたシスティーナも、グレンの異変に気付く。

「う……ごほっごほっ！　げほっ！　なんだ？　きゅ、急に寒気が……？」

グレンは真っ青になり、肩《かた》を抱《だ》いてぶるぶる震《ふる》えていた。

昼間の仮病《けびょう》のような演技とは、まったく様子と性質が違った。

その様は本当に苦しそうであった。

「せ、先生？　その、冗談《じょうだん》は……」

焦《あせ》ったシスティーナが、グレンの身体に触れる。

その身体はとてつもなく熱かった。

「な、何、この熱⁉　先生、ひょっとしてこの期《ご》に及《およ》んで、また仮病薬を……ッ⁉」

「ち、違《ちが》……今回ばっかりはマジで……違……何か突然《とつぜん》……う、ぐぅ……」

そして。

そのまま、グレンは糸の切れた人形のように、ぐったりと倒《たお》れてしまう。

「せ、先生⁉　先生⁉　し、しっかりしてください⁉」

激しい高熱に浮《う》かされるまま……グレンの意識は、すっと闇《やみ》の中に沈《しず》んでいくのであった。

そして——

「もう、システィったら！　ダメでしょう？　先生は、本当に具合が悪かったんだよ？」

「う……ごめんなさい……」

珍《めずら》しく少々ご立腹なルミアが、涙目《なみだめ》のシスティーナに説教をしていた。

「ま、まさか……俺、本当に風邪《かぜ》にかかっていたとはなぁ……」

そんなことをぼやくグレンは、ベッドに横になって厚い毛布を被《かぶ》り、頭に氷嚢《ひょうのう》を載《の》せて、口には体温計をくわえさせられていた。

「グレン、しっかり……」

そんなグレンの顔を、リィエルが眠《ねむ》たげながらも、どこか心配そうに覗《のぞ》き込んでいる。

「あはは……今年の流行風邪は、少し厄介《やっかい》なんです」

ルミアがリンゴの皮を剝《む》きながら、そう言った。

「罹《かか》り始めの初期だと、あんまり自覚症《しょうじょう》状がないんです。でも、脈や喉《のど》の様子、目に特徴《とくちょう》的な症状が出るので、先生は、そのまま帰って休まれた方がいいなと思って、だから……」

「な、なんだよ、ルミアは全てお見通しだったってことかよ……か、敵《かな》わねえなぁ、ごほっ！」

グレンはくたびれたように苦笑いするしかなかった。

「と、なると、ルミアが作ってくれたあの薬は……？」

「はい、あれはこの流行風邪の特効薬です。あれを飲んで休めば、きっとすぐに良くなりますよ」

つまり、ルミアの薬で体調が悪くなったわけではなく……元々、グレンの体調が悪かっただけなのだ。

「まぁ、全面的に俺が悪かったんだけどよ……にしたって、白猫。お前、今回はどうしたんだよ……？」

ベッドの傍《そば》の椅子《いす》に、しゅんと沈んで腰《こし》かけるシスティーナへ、グレンが憮然《ぶぜん》と言った。

「いくらお仕置きとはいえ、今回ばっかりは、いくらなんでもやり過ぎじゃね？　お前らしくもねえ」

すると。

システィーナはしばらくの間、押《お》し黙《だま》っていたが……やがて観念したように言った。

「し、心底、心配したのを裏切られたからーってのもあるけど……その……なんというか……」

「……なんというか？」

「さ、サボりで私達が放っておかれるのが……そのなんか嫌《いや》だったっていうか……さ、寂《さび》しかったんです！」

　そこまで言って。

　システィーナはぷいっとそっぽを向いてしまった。

「そ、そりゃ、先生が私達のために、いつも忙《いそが》しくして疲れてるのは知ってますけど！　でも、ちゃんと言ってくれれば、私達だって……ッ！　そんな騙《だま》すような真似《まね》しなくたって……」

　それを聞いて。

　グレンはふぅと息を吐《は》いて。

「……悪かったよ」

　ぽん、と。グレンはシスティーナの頭に手を乗せて言った。

「俺も大人げねえっつうか、ズルかったよ。……もう二度とこんなことはしねえ。これでいいか？」

「あ……その……」

　頰《ほお》に赤みを差させて頷《うなず》くシスティーナに、苦笑するグレン。

　そんな二人の様子に、ルミアが微笑《ほほえ》み、リィエルも微《かす》かに口元を緩《ゆる》める。

　その場を、穏《おだ》やかな空気が流れかけた……その時だった。

ばぁんっ！

唐突《とうとつ》に、部屋の扉《とびら》が激しく開け放たれ、一人の女が姿を現した。

「ぐぅ〜〜れぇ〜〜〜ん〜〜〜？」

旅装姿のセリカだった。

どうやら予定よりも大分早く、出張から帰ってきたらしい。

「げっ⁉　セリカ⁉」

「お前はマトモに留守番もできない子だったんだなぁ？　私の屋敷が滅茶苦茶になってたぞ、おい……？」

涼《すず》やかだが、威圧《いあつ》的で獰猛《どうもう》な笑みを浮かべるセリカ。

「あ」

グレンとシスティーナは気付いた。

先ほどの二人の追いかけっこの余波で、屋敷内を派手に荒《あ》らしてしまったことを。

「一体、何やって遊んでたら、こうなるんだ……？　はっはっは……」

「い、いや、待て、セリカ！」

「待って、教授！　それは——」

「ええい、問答無用！　おしおきだぁあああああああああーーッ！」

セリカがグレンに向かって、呪文を唱え始め――

「助けてくれぇえええええええええええええええーーッ！」

グレンが跳《は》ね起き、窓を突き破って外へと脱走《だっそう》する。

「待ちやがれ！　この悪戯小僧《いたずらこぞう》が！」

すかさずセリカが、それを追いかける。

「ま、待ってください、教授！　それは私が――」

システィーナが弁明する暇《ひま》もなく。

ちゅっどぉおおおおんっ！

アルフォネア邸敷地内《ていしきち》で、壮絶《そうぜつ》な鬼《おに》ゴッコが始まるのであった。

「待てぇえええええええーーッ！　グレンーーッ！」

「うおおおおーーッ！　もう仮病はこりごりだぁああああああーーッ！」

グレンの悲痛な慟哭《どうこく》が、フェジテの平和な空へ響《ひび》き渡《わた》るのであった――

魔導探偵ロザリーの事件簿　無謀編

The Case Files of Magic Detective Rosalie

Memory records of bastard magic instructor

「はぁ？　今度は浮気《うわき》調査ぁ～～？」

「ええ、実はそうなのです！」

黄昏《たそがれ》の赤光が目に沁《し》み、遠い烏《からす》の鳴き声が夕暮れのしじまを際立たせる、魔術《まじゅつ》学院の放課後。

グレンはため息交じりに、前を颯爽《さっそう》と歩く少女の後をついて歩いていた。

夕日に燃える紅茶色の長い髪《かみ》と瑠璃《るり》色《いろ》の双眸《そうぼう》、細い両肩《りょうかた》にいかにも高級そうなインバネスコートを羽織ったその少女の名は、ロザリー＝デイテート。

グレンの魔術学院生時代の後輩《こうはい》であり、このフェジテで魔《ま》導探偵《どうたんてい》事務所を営むヘッポコ魔導探偵である。

以前、とある事件でこのロザリーに協力してやって以来、グレンは定期的にこのロザリーに泣きつかれ、彼女の手に余る依頼《いらい》や事件の解決を手伝ってやっている。

そして、今回もそのパターンだ。

正直、〝俺を巻き込むな〟と突《つ》っぱねてやってもいいのだが、万年金欠病のグレンとしては、手伝えばある程度の臨時収入にはなるし、何より――

〝うわぁあああんっ！　お願いしますぅ先輩ぃ!?　私にはもう先輩しかいないんですぅ！　先輩が居ないと（生活費的な意味で）生きていけなくなるんですぅ！　うぇえええええんっ！〟

――などと、毎回、人前で号泣しながら土下座してくるこの情けない後輩を、どうにも放っておけない。

それに、この後輩に頼《たよ》られ、尻《しり》ぬぐいをするのは、グレンの暗黒学生時代の数少ない心地良い記憶《きおく》を刺激《しげき》され、どこか懐《なつ》かしくて……

最早、完全に腐《くさ》れ縁《えん》であった。

（やれやれ、俺も甘いな）

そんなグレンの心情など露知《つゆし》らず、ロザリーは嬉々《きき》として今回の受けた依頼について説明していた。

「実は、とある高貴なるご婦人から今回の依頼を受けまして……〝夫が浮気をしている。その証拠《しょうこ》を掴《つか》んで欲しい〟とのことでして！」

グレンが協力してくれることになった途端《とたん》、ニコニコ笑顔になったロザリーが嬉《うれ》しそうに説明する。

「ふうん？　浮気調査ねぇ？　具体的にはどうするんだよ？」

いまいち気が乗らない案件に、グレンが不満げに問うと。

「依頼人のご婦人の夫は本当に隠《かく》しごとが巧《たく》みで、とにかく隙《すき》を見せないそうです。が、唯一《ゆいいつ》の隙は、浮気相手から一つの原石を二つに割って作られたペアリングの片割れを贈《おく》られ、それを後生大事に、自分の部屋に隠し持っているらしい点です！」

「ペアリング？　二つで一組のお揃《そろ》いの指輪？　そりゃなんともベタな……」

「はい！　そして依頼人はすでに、夫の浮気相手が持っていたペアリングを密《ひそ》かに押さえてしまっています！」

「女って怖《こえ》ぇ。まぁ、つまり……」

「はい！　後はその夫が隠し持つもう一つのペアリングを押さえてしまえばこっちのものです！　一つの原石から二つの指輪を作るなんて、確信犯じゃなければありえません！　そして魔術を使えば、二つの宝石が同じ原石から作られたことも、どこの店で誰《だれ》が作り、いつ誰に売られたかも、容易に追跡《ついせき》・証明できます！」

「そして、それは夫が浮気をしていたという動かぬ証拠になる、と」

「はい！　そこで私が私の優秀《ゆうしゅう》な助手である先輩に頼《たの》みたいのは、①その夫が住む屋敷《やしき》に潜入《せんにゅう》し、②そのペアリングを捜《さが》し出して盗《ぬす》み出し、③魔術で同一原石であることを証明すること――たったこれだけです！」

　そんなことを、真夏の太陽のようなどや顔でのたまうロザリーに、

「ほとんど全部じゃねえかぁあああああああああああああああーーッ!?」

　グリグリグリグリグリグリーーッ！

　グレンは両の拳《こぶし》でロザリーの頭を挟《はさ》んで、容赦《ようしゃ》なく抉《えぐ》るのであった。

「痛い痛い痛いごめんなさいッ！　でも潜入任務とか、鑑定《かんてい》証明魔術とか、そんな高度なこと、私にはとてもできませんよぉおおおーーッ!?　だから助けてくださいぃいいいいーーッ！」

「お前、それでも魔導探偵か!?　やっぱ、故郷に帰れ！」

　そう、実はこのロザリー。グレン以上に致命的《ちめいてき》に魔術の才能がない落ちこぼれで、魔導探偵に必要な魔術をほとんど扱《あつか》えないヘッポコなのだ。

　なのに、以前解決した事件のせいで知名度だけは高く、様々な依頼が舞《ま》い込《こ》む困ったちゃんであった。

「で、でも、ダウジング術だけは得意なんですよ!?　おかげで、私にペット捜しや失せ物捜しを依頼すれば１００％見つかると街では大評判で――」

「だったら、もうそっち専門で食ってけ！　魔導探偵名乗るな！」

「嫌《いや》だ嫌だ嫌だぁーっ！　私はシャールみたいな魔導探偵になるんです！」

ちなみに『シャール』とは、ロザリーが崇拝《すうはい》する魔導探偵小説の主人公である。

「ええい、やかましい！　大体、不法侵入《しんにゅう》——いくらなんでもそんな犯罪紛《まが》いの依頼の片棒なぞ担げるかッ⁉　俺は帰るからなッ！　お前もそんなヤバい依頼は断れッ！」

「そっ、そんなぁ〜っ！」

グレンが踵《きびす》を返して立ち去ろうとし、ロザリーがそんなグレンの足に取りすがって、引きずられていく。

「もう引き返せないんですよ⁉　だって、多額の前金もらってしまいましたしぃ〜ッ！」

「前金を返せばいいだろ⁉」

「もう使ってしまいましたッ！」

少しも悪びれず、ロザリーはそう言い切った。

「見てください、この剣《けん》！」

そして、自慢《じまん》げに腰《こし》の細剣を抜《ぬ》いてグレンに見せびらかす。

「やはり一流は一流の品を求めるということでしょうかね⁉　フレスクリス・シリーズ！　かのシャールも愛用したこの細剣は、とある魔術剣匠《けんしょう》が代々鍛造《たんぞう》制作し続けている破邪《はじゃ》の霊剣《れいけん》で、幽霊《ゆうれい》やゾンビ、魔術もバッサバサ斬《き》れるレアな大業物《おおわざもの》！　これで私も名魔導探偵シャールに一歩近付い――」

「クソ貧乏《びんぼう》のド三流が、真似《まね》事でそんな必要もねえ高級魔術武器、買ってんじゃねえよ⁉」

「うきゃあああああああーーッ⁉」

どや顔ロザリーをコブラツイストで締《し》め上げるグレンであった。

「全部、自業自得じゃねーか⁉　ますます自分でなんとかしろ！」

「そんなご無体なこと言わないでくださいよぉ、先輩ぃ～っ！　もう潜入先の屋敷がすぐそこに見えてるんですよ～っ！　ここまで来てそんなぁ！」

「知るか、そんなこと――」

と。ついロザリーが指さす方向に目を向けてしまったのが、グレンの運の尽《つ》きだったのかもしれない。

「……えっ？」

眼に飛び込んできたその立派な貴族屋敷には……見覚えがあった。

フィーベル邸《てい》。グレンの教え子、システィーナの住まうお屋敷だ。

「………」

「あれ？　先輩、どうしましたか？　急に固まったりして？」

脂汗《あぶらあせ》を滝《たき》のように流し、半眼で硬直《こうちょく》するグレンへ、ロザリーが不思議そうに小首を傾《かし》げる。

「あの、ロザリー？　その……依頼人の名前は？　その浮気をしてるって夫の名前は？」

「ふっ……本来ならば守秘義務がありますが、先輩は私の助手、つまり一心同体！　そこまで頼むんだったら特別に教えてあげないことも──」

「いいから早く言え」（ぐしっ）

「痛い⁉　踏《ふ》まないで⁉　い、依頼人はフィリアナ＝フィーベルさんっ！　その浮気をしている不届きな夫の名前はレナード＝フィーベルさんですぅうううーーッ⁉」

フィリアナとレナード。

その名は紛《まご》うことなく、システィーナの両親の名前で──

「うっそだろぉおおおおーーッ⁉」

グレンの絶叫《ぜっきょう》が天に轟《とどろ》くことになるのであった──

──その夜。

グレンはその卓越《たくえつ》した魔術知識を駆使《くし》して、フィーベル邸の周囲に張られた防犯結界の設定を何とか騙《だま》し、ロザリーと共にフィーベル邸敷地《しきち》内へと侵入することに成功した。

鉄柵《てっさく》を乗り越《こ》えて降り立った場所は屋敷の裏庭だ。庭師妖精《ようせい》によってよく手入れされた趣味《しゅみ》の良い庭園が、夜闇《よやみ》の中に広がっている。

グレン達は裏庭の隅《すみ》の茂《しげ》みに入り、所々窓から明かりが漏《も》れる屋敷の様子を、息を潜《ひそ》めて窺《うかが》っていた。

「ここまではいい、ここまでは」

「はい。本日、フィリアナさんはレナードさんと共に仕事に出ていますが、明日には戻《もど》るそうです。レナードさんも薄々《うすうす》フィリアナさんが浮気を疑っていることに気付いているらしく、恐《おそ》らく明日には指輪は処分されてしまうでしょう。つまり忍《しの》び込んで指輪を奪取《だっしゅ》するチャンスは今夜しかないのです。屋敷の中には彼女達の三人の娘《むすめ》さん……えーと、つまり先輩の教え子さん？　達がいらっしゃるようですが……」

あの後、互《たが》いに事情を交換《こうかん》し、グレンとこの家の関係を知ったロザリーが痛ましそうに言った。

「ああ、わかってるよ、クソ。どうしたもんかね……」

グレンはもう何度目になるかわからない溜息《ためいき》と共に、屋敷を観察する。

あの屋敷の中には、いつものように生活しているだろうシスティーナ、ルミア、そしてリィエルがいる。

彼女達の目を盗んで、レナードの書斎《しょさい》へと辿《たど》り着き、目的の指輪を入手しなければならない。

「でも、先輩……その、どうして急に手伝ってくれる気になったんです？」

押《お》し黙《だま》るグレン。

どうしてと問われれば、グレンの脳裏に浮《う》かぶのは、レナードとフィリアナに見守られて幸せそうなシスティーナとルミア、リィエル……いつか見たかけがえのない〝家族〟の姿だ。

レナードの浮気《うわき》が明るみに出れば、間違《まちが》いなくそれは崩壊《ほうかい》してしまう。

（正直、あの溺愛妻家《できあいさいか》のレナードさんが浮気なんて考えられねーが……）

もし、万が一、そのような真実が本当にあるならば。ロザリーの持ってきた依頼《いらい》に乗じて、この浮気騒動《そうどう》を内密に穏便《おんびん》に処理することができるかもしれない。あの三人娘の平穏《へいおん》な日常を壊《こわ》さずに済むかもしれない。

そう考えると、グレンはもうどうしても見て見ぬ振《ふ》りは出来ないのだった。

「まったく、やれやれだぜ！」

三人娘の平穏のため、万が一にも浮気調査をしていることに感づかれてはいけない。ゆえに家宅捜索《そうさく》のために客として正面から訪問するのは論外で、やはり密かに潜入して、密かに目的を達成しなければならない。

「〝無謀《むぼう》〟な任務……だが、やるしかねえ！　ほら、ロザリー、行くぞ！」

「は、はいっ！　先輩《せんぱい》っ！　よろしくお願いしますっ！」

覚悟《かくご》を決め、ついにグレン達は動き始めるのであった――

グレンは、黒魔《くろま》【グラビティ・コントロール】を唱えて自分達の体重を軽くし、夜闇《やいん》に紛《まぎ》れて跳躍《ちようやく》、屋敷二階のテラスへふわりと飛び込んだ。

そして、白魔【サイ・テレキネシス】を唱え、念動力で窓の鍵《かぎ》を内側から開け、真っ暗な部屋内へと侵入。そこを調べつつ、その部屋内にあった暖炉《だんろ》へ潜《もぐ》り込んで煉瓦《れんが》造りの煙《えん》突《とつ》内を手際良く登り、屋根裏の空間へと出る。

梁《はり》と柱、壁《かべ》で複雑に区切られた狭苦《せまくる》しく真っ暗な空間を、指先に灯《とも》した黒魔【トーチ・ライト】の光を頼《たよ》りに、匍匐《ほふく》前進していく……

「うう……せっかくのお洋服が煤《すす》と埃《ほこり》だらけですぅ……ぜぇ……ぜぇ……」

後ろから匍匐前進で続くロザリーが息も絶え絶えに呻《うめ》く。手際良く屋敷内を踏破《とうは》していくグレンの後をついていくのが、やっとであった。

「うっせ、黙れ足手まとい。ガタガタ言わずに付いてこい……ったく」

本来ならこんなヘッポコ、置いていくのが当たり前である。

だが、ペアリングの片割れを依頼人から見せられ、その造形を知っているのはロザリーだけだ。彼女が居ないと侵入先で入手した指輪が目的の物かどうか、その場で判別ができない。

まったく忌々《いまいま》しいことこの上ない、ハンディキャップ戦であった。

「それにしても、先輩、妙《みょう》に潜入に手慣れてますねぇ……先輩って、教師になったのは確か最近でしたよね？　その前は一体、何やってたんですか？　まさか泥棒《どろぼう》……？」

「うっせ、殴《なぐ》るぞ。そんなことより、このやたらデカい屋敷《やしき》は、俺の教え子の家だが、訪問したことはほとんどない。必然、この屋敷の間取りはさっぱりで、どこがレナードさんの書斎なのか、皆目《かいもく》見当もつかん。虱潰《しらみつぶ》しに探すしかねえから覚悟しておけよ？」

「うぇ～、一体、部屋幾《いく》つあるんでしょうね、この屋敷……」

こうして、しばらくの間、グレン達は迷路のように複雑な屋根裏を、匍匐前進で行ったり来たりしていた。

やがて、二人は奥まった箇所《かしょ》に、屋根裏を貫《つらぬ》く別の煙突に突《つ》き当たる。つまりこの下に暖炉があるわけで……

「この下は、人が居住する部屋というわけだ」

当然、目的のレナードの書斎である可能性もある。

「《我が招致《しょうち》に応じよ・鋭《するど》き嗅覚《きゅうかく》と・小さき体躯《たいく》の盟友よ》」

グレンは声を潜めて、召喚《しょうかん》【コール・ファミリア】を唱え、小さな鼠《ねずみ》の使い魔を召喚した。

「あっ！　使い魔を召喚して放ち、自分とその使い魔の視覚聴覚《ちょうかく》を共有して下の様子を探るんですね⁉」

「まあな。不格好な使い魔だが、こういう時は便利だ」

「ねぇ、先輩、私もその使い魔と感覚共有させてくださいよぉ！　先輩ならそういう設定すぐできるでしょ？」

「ったくしょうがねえな……」

ここで突っぱねて、ごねられても面倒《めんどう》だ。グレンは一言二言、追加呪文《じゅもん》節を唱え、使い魔の視覚と聴覚をロザリーとも共有させる。

そして、煙突の脇《わき》にある掃除《そうじ》用の鉄扉《てっぴ》を、音を立てないよう慎重《しんちょう》に開き、その隙間《すきま》から鼠の使い魔を送った。

鼠の使い魔はグレンの令呪《れいじゅ》通り、煙突内を器用に下り……暖炉から半分だけ顔を出し、部屋内の様子を見た。

使い魔と視覚を共有することで、グレン達の視覚に、使い魔が見た部屋内の光景が飛び込んでくる。

まず目に付いたのは、薄暗《うすぐら》い室内を淡《あわ》く照らすランプの火だ。四方の壁は本棚《ほんだな》で埋《う》まっている。

そして、奥で一人の少女が無言で机に向かい、今にも倒《たお》れそうなほど机上に積まれた本に囲まれながら、なにやら黙々《もくもく》と羽根ペンを動かしていた。

「白猫《しろねこ》？」

そう、その少女はシスティーナ。どうやらここは彼女の部屋らしい。

「うーん、この家のお嬢《じょう》さんの自室でしたか。……外れでしたね」

だが、そんなロザリーの残念そうな声はグレンには届かない。

その時、グレンは不覚にも、システィーナの横顔に釘付《くぎづ》け……もっと言えば見惚《みと》れてしまっていたのだ。

「…………」

システィーナは盗《ぬす》み見している不届き者がいるとも知らず、ただ黙々と紙の上に羽根ペンを走らせている。

魔術《まじゅつ》の勉強だろうか？

熱心に、一字一字、丁寧《ていねい》に。一文一文書くごとに、慎重に読み返すように手を止め、羽根ペンをインク壺《つぼ》にそっとつけ……再び書き始める。

机上の燭台《しょくだい》の灯火《ともしび》が隙間風《すきまかぜ》に微《かす》かに揺《ゆ》れ、システィーナの真摯《しんし》な表情の陰影《いんえい》を影絵《かげえ》のように変化させる。

時折、傍《かたわ》らの参考資料らしき本へと手を伸《の》ばし、その頁《ページ》を繰《く》る音が静かに室内に響《ひび》き……再び紙に書き連ねる作業に没頭《ぼっとう》する。悟《さと》りを開いた仙人《せんにん》にも迫《せま》る、その見事な集中力には崇高《すうこう》さすら感じさせられた。

「あいつ……」

グレンはそんなシスティーナの姿を何か眩《まぶ》しく尊いものを見守るかのように見つめていた。

〝大切な人を守る力が欲しい……いざという時に、何もできない自分が嫌《いや》なんです〟

……かつてシスティーナは、グレンにそう訴《うった》えた。

その言葉に嘘偽《うそいつわ》りなし。彼女はきっと今日までずっとこんな風に、一人で黙々と己の魔術を研鑽《けんさん》し続けてきたのだろう。たゆまぬ努力を続けてきたのだろう。こうして、グレンの目の届かない場所でも。

ここは彼女が自分自身と向き合い、戦う神聖不可侵《ふかしん》の聖域なのだ。

それゆえに――その光景は、とてつもなく神々しい。

「ふっ……邪魔《じゃま》しちゃ悪いな。次、行くぞロザリー」

「……そうですね」

空気読めないアホっ娘《こ》のロザリーも、そんなシスティーナの背中に、何か感じ入るものがあったのだろう。

慎重に、そっと。邪魔しないように、物音を立てないように。

グレン達が屋根裏を後退しようとした……その時であった。

『あああああああああああああああああああああーーッ!?』

突然《とつぜん》、システィーナが奇声《きせい》を上げ、今まで熱心に文字を書き連ねていた紙を、ぐしゃぐしゃーっ！　と頭上で丸めていた。

「「ええーーッ!?」」

屋根裏で驚《おどろ》くグレン達を余所《よそ》に、システィーナは丸めた紙くずを壁に投げつけ、頭を抱《かか》えて叫《さけ》んだ。

『違《ちが》うッ！　違うのよッ！　私が書きたいのはこんな話じゃないわッ！　もっと甘く切ない恋《こい》の物語ッ！　こんなありきたりな展開と台詞《せりふ》じゃ、私の凄《すご》い文才が完全に死んじゃってるッ！』

屋根裏でグレン達がぽかぁんとしているのも露知《つゆし》らず、システィーナの独白は続く。

『私の文才って、こんなもの!?　ううんっ！　絶対に違うわ！　今はただ扱《あつか》っている題材が難しいだけ！　ヒロイン役が女子生徒で、彼氏役が教師！　ちょっとした歳の差恋愛《れんあい》だから、うまく展開と台詞回しを想像できないだけ、きっとそうに決まってる！』

そして、システィーナはガタンと椅子《いす》を蹴《け》って立ち上がった。

『こ、ここはやっぱり実際に、自分でやってみるしかないわよね!?　うん！　そうじゃないとキャラの心情がわかりにくいもん！　ようし！』

そして、きょろきょろと挙動不審《ふしん》に周囲を確認して……

『〝グレイ先生！　待って、行かないで！　貴方《あなた》は私の魂《たましい》であり風、私の身は引き裂《さ》かれてしまいそう！〟』

胸元で手を組み、感極まったようにそう叫んだかと思えば……

『〝止めないでくれ、セルフィーナ……我が愛おしき天の司、俺の風。俺は君のためにも行かなければならない〟』

さっと立ち位置を変えて、今度は悲壮《ひそう》な決意に満ちた表情で、誰《だれ》かを押しとどめるようなポーズを取る。

『〝だったら、私も連れて行って！　私は貴方の風であり魂、私は貴方と一緒《いっしょ》なら――〟』

再び、さっと立ち位置を変えて、誰かに縋《すが》り付くようなポーズ。

察するに、一人二役で何らかの物語のシーンを演じているようであった。

「……先輩。あの子……」

「言うな。何も言ってやるな」

見ているだけで恥《は》ずかしくなってくるようなベッタベタな寸劇が、部屋内でひたすら熱演されていき……

『〝ならば、貴方の剣《けん》で、私の悲《ひ》嘆《たん》に暮れる鼓《こ》動《どう》を優しく止めてッ！〟』

システィーナが興に乗って、盛り上がれば盛り上がるほど、逆にグレン達はいたたまれなくなっていき……

そして。

『〝先生……〟』

ついに、キスシーンに突入《とつにゅう》。

システィーナが誰かを抱《だ》きしめるように腕《うで》を回し、目を閉じて微かに唇《くちびる》を尖《とが》らせ、そっと背伸《せの》びをした――

――まさに、その時。

こんこん、ガチャ。

『システィ。入るよ～』

『《だらっしゃあ》ああああああああああああーーッ！』

ルミアがティーセットを持って、入室した瞬間《しゅんかん》、システィーナは《疾風脚《シュトロム》》で跳《と》び、猛《もう》然《ぜん》と机に座り直していた。

『るるるる、ルミア⁉　い、い、一体全体何の用っ⁉』

『ふふっ、紅茶持ってきたの。システィ、お勉強頑張《がんば》ってるね……でも、あまり根を詰《つ》めちゃだめだよ？』

『そ、そそそそうねっ！　私もちょっと、休憩《きゅうけい》したいなって思ってたところっ！　うんっ！』

『なら、ちょうど良かった。紅茶、淹《い》れてあげるね。……でも、システィ、何の勉強していたの？　なんか変な声が聞こえてたんだけど……』

『えっ⁉　そ、それは……そ、そのっ！　発声術⁉　そう、呪文の発声術よッ！　魔力《まりょく》効率を飛《ひ》躍《やく》的に上げる高度な発声術を極めようとして――』

屋根裏でグレン達が半眼の無表情で見守る中、真っ赤になったシスティーナがしどろもどろに弁明する。

やがて。

『──じゃあ、システィ。お勉強の続き、頑張ってね』

ルミアがティーセットを置いて部屋から去って行く。

『ふぅ、危なかった……ちょっと役に入り過ぎていたわね。もし、誰かに見られていたら、首を吊《つ》らなければいけないところだったわ！』

すると、システィーナは一人ほっとしたように額の汗《あせ》を拭《ぬぐ》うのであった。

（……見てはいけないものを見てしまった……）

グレンは頭を抱えるしかない。

「次……行きましょうか、先輩《せんぱい》」

「そうだな……」

なんとも言えない悲しい気持ちを抱えつつ、グレン達はその場をそっと去るのであった。

二階の屋根裏をくまなく回って部屋を調べても、一向にレナードの書斎《しょさい》らしい部屋は見つからない。

「……となると一階か。厄介《やっかい》だな」

そこで、グレン達は煙突《えんとつ》を下って一階へ降り、暖炉《だんろ》から外に出る。

そこは居間のようであった。

一階の探索《たんさく》は屋根裏伝いに密かに部屋を見て回るという手は使えない。閉じた扉《とびら》を突破《とっぱ》できないあの小さな使い魔では、できることに限界もある。

仕方なくグレンは、黒魔【セルフ・トランスパレント】を唱え、自分とロザリーの二人を囲むように透化《とうか》結界を張る。この付呪型結界内にいる二人は互《たが》いの姿が見えるが、結界外からは二人の姿は見えない……そういう光操作による透明《とうめい》化の魔術であった。

ついでに音声遮断《しゃだん》結界も重ね、二人の会話や気配が、外部に漏《も》れないようにもする。

「こ、こんな便利な術があるなら、最初から使えばいいのに……」

「アホ、これは切り札だ。俺の貧弱な魔力容量《キャパシティ》じゃ、そんなに長時間保《も》たないんだよ。ほら、効果が切れる前に行くぞ。俺を中心に展開した結界なんだから、俺から離《はな》れるなよ？」

そして、二人は屋敷《やしき》内の廊下《ろうか》を歩きながら、慎重《しんちょう》に探索を始めた。

「……ここでもない、か。くそ、貴族屋敷はこれだからなぁ」

幾《いく》つかの部屋を回るが、全てが外れで、グレンが辟易《へきえき》し始める。

と、その時だ。

「せ、先輩……ッ！　アレ……ッ！」

「しっ！」

グレンが慌《あわ》てて隣《となり》のロザリーの口を塞《ふさ》いだ。廊下の先方遠くに、小柄《こがら》な少女の背が見えたのだ。

リィエルだ。

リィエルがグレン達に背を向け、遠ざかるように歩いている。

天の智慧《ちえ》研究会の外道魔術師をも恐《おそ》れさせる歴戦の少女剣士《けんし》の姿に、グレンは一瞬《いっしゅん》、緊《きん》張《ちょう》に身を震《ふる》わせるが……

「むぐむぐ⁉」

「静かにしろ！　あいつは敵意や害意がない相手に対してはわりと鈍感《どんかん》だ。今は透明化もしてるし、やり過ごせるはず！」

……果たしてグレンの言うとおり。

リィエルは、グレン達にまったく気づかずそのまま行ってしまう。

（ほっ、助かった……しかしな……）

そんなリィエルに一抹《いちまつ》の不安も覚える。なぜなら、リィエルは元・王女で異能者たるルミアの護衛として派遣《はけん》された帝国宮廷《ていこくきゅうてい》魔導士なのだから。

（この場は非常にありがたいけどよ……ンなていたらくで、本当に護衛が務まるのかね？）

リィエルの鈍感ぶりに、グレンは肩《かた》を竦《すく》めるのであった。

「先輩……後、調べてない区画って」

「そうだな……今、リィエルが行った向こうの方だな。まぁ、時間もない。慎重に行くしかあるまい」

気を取り直して覚悟《かくご》を決め、二人はゆっくりと廊下を進み始めた。

——廊下を突《つ》き当たりまで歩き、角を曲がる。

すると、グレンは向かって左手の部屋の扉の一つが、半分ほど開いていることに気付く。

室内の光が廊下側に漏れていた。

「なんだ？　この部屋」

グレンが扉から顔を半分出して、そっと中を覗《のぞ》くと。

「…………」

そこは厨房《ちゅうぼう》らしい。

竈《かまど》や調理台、戸棚《とだな》、食器棚が並ぶ部屋の中心に、リィエルがちょこんと立っていた。

どうやら先ほどのリィエルは、ここを目指して歩いていたようだ。

（でも、何やってんだ？　あいつ）

しばらくグレンが見守っていると、リィエルは厨房内をきょろきょろと見回し、やがて目当ての物を見つけたらしく、それに近寄っていく。

（な、何あれ⁉）

グレンはぎょっと目を剝《む》いた。

リィエルが近寄ったのは戸棚の一角だが……その戸棚だけ異彩《いさい》を放っていたのだ。

（鋼鉄製の戸棚⁉　しかも鎖《くさり》と錠《じょう》であんなに雁字搦《がんじがら》めに封印《ふういん》して⁉　どういうこと⁉）

それは大凡《おおよそ》、厨房という空間にふさわしくない異様な物品だ。

グレンが啞然《あぜん》としていると、リィエルはいつものように、錬金術《れんきんじゅつ》でその手に長大な剣を高速錬成《れんせい》する。

「ふー……ふー……」

そして、それを猪突猛進《ちょとつもうしん》型のリィエルにしては珍《めずら》しく、東方の居合い斬《ぎ》りのように引いて構え、呼気を整え……精神を統一していき……

やがて。

「……んっ！　やっ！」

ズバッ！　凄《すさ》まじい神速で、鋼鉄製の戸棚に大剣を通す。

〝斬る〟ではなく、文字通り〝通した〟のだ。

　すると、特に派手な音も立たず、鋼鉄製の戸棚と鎖と錠は紙のように鮮《あざ》やかに切り裂《さ》かれ、その役目を終えた。

「……ん」

　リィエルが背伸びをして、開いた戸棚に両手を入れると、その手が掴《つか》んだのは大量の苺《いちご》タルトであった。

　リィエルはせっせと戸棚から大量の苺タルトを取り出し、床《ゆか》に苺タルトの山を築く。

　そして、最後に再び錬金術を使って、壊《こわ》した戸棚と鎖と錠を、綺麗《きれい》に元通りに直して……

「もぐもぐもぐ……」

　床にしゃがみ込み、いつも通り眠《ねむ》たげな無表情ながらも、どこか嬉《うれ》しそうに大量の苺タルトを食べ始めた。

「……先輩、これって」

「盗《ぬす》み食いかよ……」

　その様子を一部始終見ていたグレンは呆《あき》れるしかなかった。

　大体、この裏事情は想像がつく。

恐らく、リィエルの苺タルトの食べ過ぎがフィーベル家内で問題になり、それを制御《せいぎょ》するため、あの鋼鉄製の戸棚と錠前《じょうまえ》付き鎖が用意されたのだろう。

その結果はまぁ……この通りだが。

しかも、あの手慣れた犯行を見る限り、最早《もはや》、この盗み食いは常習犯のようであった。

（やれやれ、あの馬鹿《ばか》……）

正直、これは教育上良くない。

まだ精神的には幼いリィエルにこういうズルさを覚えさせるのは、非常によろしくないことだ。

だから、グレンはつい思ってしまったのだ。

（これは……後で白猫あたりに、それとなく伝えておくかね……）

と。

そして──その瞬間《しゅんかん》だった。

どがぁんっ！

突然《とつぜん》、グレンのすぐ真横の壁《かべ》に、もの凄《すご》い勢いで飛んできた大剣《たいけん》が、深々と突き刺《さ》さったのだ。

「ぎょええええーーッ⁉　何事⁉」

「……誰《だれ》？」

気付けば、リィエルが立ち上がり、仄暗《ほのぐら》く据《す》わった目で、グレンを真っ直《す》ぐ見据えている。

自分達に張った透化結界と音声遮断は未だ有効だ。

間違《まちが》いなくリィエルの目には、グレンの姿は見えていないはずなのに。

まるで見ているかのように、リィエルは低く野性的に剣を構える。

「そこに居るのは誰？　……敵？」

「しまったぁあああぁーーッ⁉」

そう。リィエルは鈍《にぶ》いのだ……敵意や害意がない相手に対してだけは。

「なんか、わたしの苺タルトを奪《うば》おうとしてる敵がそこにいる……そんな気がする」

「鋭《するど》すぎだろ⁉　ああ、くそ、こいつの動物的勘《かん》を舐《な》めてた⁉　はいはい、ルミアの護衛はこいつに任せておけばド安心ですね、ド畜生《ちくしょう》ッ！」

「ど、どどどど、どうするんですか、先輩《せんぱい》ぃいいいいーーッ⁉」

「逃《に》げるしかねーだろ、行くぞぉおおおおおおーーッ⁉」

その場から脱兎《だっと》のごとく駆《か》け出すグレンとロザリー。

「逃がさない。何も見えないけど、多分、今、逃げた気がする」

それを獲物《えもの》を追う豹《ひょう》のように、大剣を振《ふ》りかざして追うリィエル。

命がけの鬼《おに》ゴッコが、今、始まるのであった——


最早、行く先や逃げる先など気にしていられなかった。

あくまでリィエルからは、こちらの姿は見えないというアドバンテージを最大限に利用して、なんとかリィエルを振り切って——

がらららーーっ！　ばんっ！

グレンはガラス戸を引いて、その部屋内へ飛び込み、後ろ手でガラス戸を閉める。

そして、妙《みょう》に湿《しめ》っぽい壁に背を預け、脱力《だつりょく》していた。

（な、なんとか逃げ切った⁉　しかしロザリーとはぐれ、透化結界も音声遮断も時間切れになっちまった……くそっ！　どうする⁉）

再びこの隠密《おんみつ》の術を張るには、しばらく魔力《まりょく》の回復を待つ必要がある。

どうする？　どうしよう？

グレンがぐるぐると回る思考を必死に立て直そうとしていると。

「……ん？」

ふと、グレンは気付いた。

なんか、今、自分がいる部屋が、他の部屋と様相が違《ちが》う。

まず他の部屋と違って、煌々《こうこう》とランプの光が灯《とも》り、非常に明るい。

そして妙に音が籠《こ》もって反響《はんきょう》するその空間。そこを満たす空気は暖かく湿っぽい。というか、立ち上る湯気で視界がすこぶる悪い。

床や壁、天井《てんじょう》は大理石のタイルで覆《おお》われ、奥には広々とした湯船があり、大量のお湯が張られている。

（そうか、ここは浴室……）

そして気付けば、グレンのすぐ隣には、この部屋の先客がいた。

ルミアだ。

一糸まとわぬ艶《なま》めかしい白い裸身《らしん》を、惜《お》しげもなく明かりの下に晒《さら》している。壁に設置されたシャワーと鏡の前で、風呂椅子《ふろいす》に腰掛《こしか》け、丁寧《ていねい》に髪《かみ》を泡立《あわだ》てて洗っている。

まだ熟し切っていない青い果実の雰囲気《ふんいき》を残しつつも優美、かつ豊かな曲線で胸、細腰《ほそごし》、足を描《えが》き誇《ほこ》る極上の肢体《したい》は、美の女神すら嫉妬《しっと》するだろう――などと言ってる場合ではない。

（そうか、ここは浴室ぅうううううううううううーーッ⁉）

これは言い逃《のが》れできない、人生オワタ。グレンが真っ青になって、ガクブルしていると

──

「……リィエル？」

髪を泡立てて洗っている最中のせいか、ルミアが目を閉じて、グレンを振り返っていた。

「リィエルだよね？　さっきリィエルもお風呂《ふろ》入るって言ってたし」

「──ッ⁉」

千載一遇《せんざいいちぐう》のチャンスだった。

グレンとて、まだ（社会的に）死にたくはないのだ。

それゆえに──

「……ん」

全身から滝《たき》のように汗《あせ》を流《なが》しながら、グレンはそう言った。なるべく、リィエルの声と口癖《くちぐせ》を真似《まね》して。

（〝ん〟、だけなら行けるかッ⁉）

幸いリィエルは無口だ。〝ん〟の一言だけしか発しなかった日など、ざらにある。

おまけに風呂場《ふろば》の反響で音の聞こえは普段《ふだん》と違うし──いや、それでも無理臭《くせ》えだろ、どうなんだ⁉

グレンがどきどきしながら、判決を待っていると……

「あはは、やっぱりリィエルなんだね……遅《おそ》かったから心配しちゃったよ」

(セーフぅううぅッ⁉　神様ありがとぉおおおおおおーーッ！)

とりあえず、一難は去った。

後はどうやって、この場から怪《あや》しまれることなく自然に立ち去るか？

グレンがこの状況《じようきよう》を打開するため、必死に脳をフル回転させていると。

「あ、そうだ。リィエル、今日は一緒《いつしよ》にお風呂入ったら、私の背中を流してくれるんだよね？　だったら今、お願いしちゃってもいいかな？」

(死ねッ！　神様ッ！)

神は、さらなる試練をグレンにお与《あた》えになるのであった。

(くそッ⁉　どうする⁉　おま、裸《はだか》の教え子の背中流すとか、色々アウト過ぎる——)

だが、ここで怪しまれ、髪を洗い流されて姿を見られたら一巻の終わりだ。今は紙一重なのだ。

それゆえに……

「……んっ！」

グレンはがくがく震《ふる》えながら、傍《かたわ》らに置いてあった垢《あか》すりタオルを手に取るのであった。

「ふふ、ありがとう、リィエル」

そして、すっかりリラックスしきっているルミアのすべすべの背中を、グレンはおずおずと流し始める。

（心臓に悪《わり》ぃ。なんだこのプレイ）

まだ少女とはいえ、ルミアは同年代と比べ成長が早く、魅惑《みわく》的に過ぎる。

水をよく弾《はじ》くその艶めかしい玉肌《たまはだ》に指が触《ふ》れる都度、いくら朴念仁《ぼくねんじん》のグレンといえど、頭がのぼせていく感覚を意識せずにはいられない。

「リィエル、上手だね……とっても気持ちいいよ……」

ルミアはルミアで、本当に無防備だから困る。

「……ん（天にまします俺の神よ、願わくは御名《みな》の尊まれんことを、御国の来たらんことを）」

グレンは胸中で壊《こわ》れた蓄音機《ちくおんき》のように聖句を反芻《はんすう》し、ひたすら雑念を払《はら》いながらルミアの背中を洗っていく。

「でも、リィエルって、やっぱり軍人さんなんだね……手が逞《たくま》しくて……なんだか素敵」

「……ん（主よ、永遠の安息を俺に与え、絶えざる光を以《もっ》て俺の上に照らし給《たま》え。俺が安らかに憩《いこ》わんことを）」

だが、このままじゃ本当に、この葬送《そうそう》の聖句の通りグレンは死ぬ……色んな意味で。

（どうする⁉　どう離脱《りだつ》する⁉　一体、どうすれば――ッ⁉）

燃え上がる焦燥《しょうそう》が、グレンの身を地獄《じごく》の業火のように焦《こ》がしつつあった――その時だった。

がらり、と浴室の扉《とびら》が開く。

「ルミア。ごめん、待った？」

姿を現したのは、同じくすっぽんぽんのリィエルだった。

「ちょっと色々あって遅《おく》れた」

ルミアと比べると、その未成熟な肢体は、可哀想《かわいそう》なくらい平坦《へいたん》で起伏《きふく》がないなぁ～なんて思う暇《ひま》もない。

（ぬぉわぁあああああああああああああああああ――ッ⁉　このタイミングでぇええええええええええええええええええーーッ⁉）

ぼけっと明後日《あさって》の方向を向いているリィエルは、まだグレンの存在を認識していないが、
最早、万事休す。

グレンは（社会的な）死を覚悟《かくご》する。

だが――

（嫌《いや》だッ！　死にたくないッ！　俺はまだ何もなしちゃいない……ッ！　この手で何も掴《つか》

んじゃいないんだッ！　こんな所で……こんな所で、俺はぁあああああああああああーーッ！）

――その時だった。

リィエルがこちらを振《ふ》り向いて、グレンの姿を己《おの》が視界に入れようとしていた――まさにその時。

シュッ！　リィエルの足下を、何かが滑《すべ》り抜《ぬ》けていった。

それは――苺《いちご》タルトだ。

「……あ」

グレンに振り向きかけていたリィエルの顔が、苺タルトを追う。リィエルの脇《わき》に圧倒《あっとう》的な死角ができる。

（おおおおおおおおおおおおおおおおおおおおおーーーッ!?）

今だ、今しかなかった。

グレンは全身の魔力《まりょく》を燃やし、かつ極限までに気配を消し、駆《か》けた。

それは最早、死中に活を求めるが如《ごと》し。

覚醒《かくせい》と言ってもいいだろう。

生を求める本能的な渇望《かつぼう》と執着《しゅうちゃく》が、極限まで達した精神状態が、グレンの集中力を限界突破《とっぱ》させ、リィエルほどの剣士《けんし》の脇を、気付かせずに抜ける――という奇跡《きせき》の御業《みわざ》を達成させたのだ。

その刹那《せつな》を超《こ》えた虚空《こくう》の刻《とき》を見事に射貫《いぬ》いたグレンは、浴場を離脱。

「……あれ？　リィエル？　どうしたの？　あ、もう～、その苺タルトどこから持ってきたの？」

「はむはむ……」

ルミアとリィエルのそんな会話を背中で聞きながら。

「か、間一髪《かんいっぱつ》！　危なかったですね、先輩《せんぱい》ッ⁉」

「た、助かった！　マジで助かったぞロザリーッ！　もうマジで駄目《だめ》かと思った！」

苺タルトを浴場へ放り込んだ救世主――ロザリーと合流し、グレンは素早くその場を去って行くのであった。

それからも、際どいシーンは何度もあった。

だが、グレンとロザリーは力を合わせて、そんな数々の困難を全て奇跡的に乗り越《こ》えて。

グレン達はついに――

「ここが……レナードさんの書斎《しょさい》か」

「や、やっと見つけましたね……長かったです……ッ！」

グレン達はついに目的地だった、レナードの書斎へと到達《とうたつ》していた。

最早、二人とも疲労困憊《ひろうこんぱい》であった。

「よし、とっととブツを捜して、ずらかるぞ！　と、言いたいんだが……」

グレンは周囲を見てうんざりしたように言う。

周囲の壁《かべ》に本棚《ほんだな》、奥に執務机《しつむ》と、間取りは一般《いっぱん》的な書斎なのだが……隅《すみ》のガラス棚《だな》に無数の指輪が並んでいる。

机の引き出しを開けば、そこには作りかけの指輪や完成品の指輪がぎっしり詰《つ》まっている。

他にも、部屋のあちこちに指輪が無数に置いてあって……

グレンは、レナードが指輪を使った魔術が得意であったことを、朧気《おぼろげ》に思い出していた。

「こ、この中から捜さにゃならんのか……これじゃ時間がいくらあっても足りねえ……くそっ、ここまで来て」

こんなことでは、いつシスティーナ達にバレるかわかったものではない。

グレンが溜息《ためいき》を吐《つ》いていると。

「大丈夫《だいじょうぶ》ですよ、お任せください！」

ロザリーが妙《みょう》なことを言い始めた。

剣《けん》を抜いて、目を閉じる。その剣を緩《ゆる》く持って構え、その剣先をふらふらと動かしつつ、その場でゆっくりと回転を始めたのだ。

「……何やってんだ？」

「ダウジング術ですよ」

目を閉じながら、ロザリーが得意げに言った。

「目的のペアリングに関する記憶《きおく》を剣先に乗せて反応を見てるんです」

「ほう？」

「私、ダウジングしか取り柄《え》ありませんから、これだけはたくさん練習してるんです。シャールもよく剣でダウジングしてましたしね、えっへん！」

どうやら失せ物捜索依頼《そうさくいらい》の達成率１００％は伊達《だて》ではないらしい。

このヘッポコ三流魔導探偵《まどうたんてい》も少しは成長しているようで、グレンは素直に感心するのであった。

ほどなくして。

剣に導かれるようにロザリーは一歩また一歩と書斎内を進み……

……やがて、その剣先はとある一点を指し当てる。

「わかりました。そこです！」

なぜか、そこは本棚だ。

グレンが、いくつか本を抜いてその本棚を覗《のぞ》くと、奥に小さなスペースがあり、そこに小箱が置いてある。

それを取り出して、小箱を開く。

中には、ダイヤモンドらしき宝石がついた銀のリングがあった。

「ビンゴ！　それです！　依頼人《いらい》のフィリアナさんが見せてくれたペアリングとまったく同じ品物です！　それに違《ちが》いありません！」

ダウジングを続けるロザリーがふらふら動かす剣先は、やはりその指輪を指し示していた。

「そうか……これか」

得意げなロザリーとは裏腹に、指輪を見つけたグレンの気分は重かった。

なぜなら、これが見つかってしまうということは、フィリアナの夫レナードの浮気《うわき》が確定してしまった……ということだ。

（白猫……ルミア……リィエル……これから、あいつらはどうなっちまうんだろうな？　くそ）

それでもなんとか穏便《おんびん》に収まるように自分が動くしかない。偽善《ぎぜん》と言われても自分には彼女達の日常を守る義務があるし、守ってやりたい。

グレンがそんな決意を固めていると。

「ふふーん、見ましたか、先輩！　この世紀の魔導探偵ロザリーの卓越《たくえつ》した腕前《うでまえ》を！　これにて一件落着～っ！」

「おい、こら、危ねえよ。わかったから、剣はもうしまえっての……」

よほど得意になっているのか、未だ見せびらかすように、しつこくダウジングを続けるロザリーの剣先が……

こつん。

グレンが手に載《の》せている指輪の宝石部分にぶつかった……その瞬間《しゅんかん》。

ぱきん。

その指輪の宝石部分にヒビが入り……二つに割れてしまうのであった。

「あ」

「あ」

壊《こわ》れてしまった指輪を前に、グレンとロザリーが目を点にする。

しばらく奇妙《きみよう》な沈黙《ちんもく》が二人の間を支配して……そして。

「このアホぉおおおおおおおおおおおおおおおーーッ!?」

「ご、ごめんなさい、ごめんなさい、ごめんなさぁあああいっ!?」

グレンが右手でロザリーの顔面をひっ摑み、アイアンクローを極《き》める。

ロザリーはグレンの手を押さえながら、涙目《なみだめ》で泣き叫《さけ》ぶしかなかった。

「お前な!?　何やってんの!?　アホなの!?　散々苦労させといてぇえええええええええーーッ!?」

「だ、だって、ちょっと剣が触《さわ》っただけでこんなに簡単に壊れるなんて思ってもみなくてえええーーっ!?」

「うっさい！　ったく、どうするんだこれ!?　ぁあああもぉおおおお――」

グレンが肩《かた》を落として、手の中の壊れた指輪に目を向ける。

すると。

「……、……ん？　これは……？」

何を思ったか、グレンはその指輪をつまみ上げ、割れた宝石の断面をマジマジと見つめ始めた。

「……ど、どうかしましたか？」

「……いや、ちょっと妙なことがあってな……おい、ロザリー。ちょいと聞きたいことがあるんだが……」

「はい？」


その後。

壊れたとはいえ、一応、目的の物を確保したグレンとロザリーは、フィーベル邸《てい》から引き上げて。

早速、二人は依頼人の待つ取引場所へと足を運んだ。

時はすでに深夜。

約束の刻限に、約束の待ち合わせ場所で、二人は依頼人が来るのを待つ。

「うぅ……指輪壊しちゃって、怒《おこ》られないかなぁ……？」

「…………」

とある閑散《かんさん》とした路地裏で、ロザリーが戦々恐々《せんせんきょうきょう》と、グレンが何かを考え込むように無言でいる。

やがて。

「……ようこそ、おいでくださいました、ロザリー様」

闇《やみ》に包まれた路地の奥から、一人の女性が二人の前に姿を現していた。

「あ、フィリアナさんっ！」

ロザリーがその女性の姿を見て背筋を伸《の》ばし、グレンが目を細める。

「どうですか？　首尾《しゅび》の方は。あの人が浮気をしていたという証拠《しょうこ》の品……回収できたでしょうか？」

「も、ももも、もちろんですよっ！　フィリアナさんっ！　ここにっ！」

ロザリーが恐《おそ》る恐る件《くだん》の指輪が入った小箱を女性に手渡《てわた》す。

「こ、この名魔導探偵ロザリー＝デイテートとその助手にかかれば、この程度の依頼は、お茶の子さいさいなのですっ！　あっはっはっは!?」

「まぁ、頼《たの》もしい。本当にどうもありがとうございます」

女性はにっこりと笑って小箱を受け取り、それを開いた。

中には当然、宝石が割れた指輪が入っており……それを見た女性は目を見開いて硬直《こうちょく》するのであった。

「なっ……ッ!?　これは――」

「ごごごご、ごめんなさぁあああいいいいいいーーっ!?」

途端《とたん》、ロザリーがムーンサルトジャンピング土下座でその場にひれ伏《ふ》す。

「依頼の品、壊しちゃいましたぁあああああああーーッ！　これというのも全部私じゃなくて、こちらの助手の不手際でぇえええええーーっ！」

「……おい」（ぐしっ）

半眼となったグレンが容赦《ようしゃ》なくロザリーの後頭部を踏《ふ》みつけるが、女性は見向きもしない。

「これは一体……どういうことですの……ッ!?」

ただ、全身をわなわなと震《ふる》わせて、絞《しぼ》り出すように言った。

「コレを解呪して、わざわざ私に突《つ》き返すなんて……ッ!?　まさか、当てつけ!?　ロザリー＝デイテート……貴女《あなた》は、私の企《たくら》みを看破していたとでも……ッ!?」

「……へっ？　解呪？　企み？」

土下座の体勢で、ロザリーが目をぱちくりさせながら女性を見上げると。

「ふん……やっぱり、そういうことだったか」

傍《かたわ》らのグレンが肩を竦《すく》めながら、女性へ向かって不敵に言った。

「なぁ、アンタ。誰《だれ》だ？」

「――ッ!?」

グレンの言葉に、女性が硬直する。

「確かにフィリアナさんに、うまーく化けちゃいるみたいだがな。でも、俺の知るフィリアナさんは、もっと美人で上品なんだがなぁ？」

「な、何を……貴方《あなた》が誰か知りませんがなんて失礼な！　私はフィリアナ＝フィーベル……レナードの妻……」

「馬鹿《ばか》が！　俺とフィリアナさんは顔見知りだ！　諦《あきら》めろ、もうバレバレなんだよ！」

「――ッ!?」

呆気《あっけ》に取られる女性を前に、グレンはその女性の手にある指輪を指さして言った。

「その指輪の宝石の内部には、極微《ごくび》細《さい》な呪《のろ》いのルーンがびっしり詰《つ》まっていたぜ？　ざっと機能解析《かいせき》したところ〝そのリングを贈《おく》った相手の愛情を、もう一方のリングを持った自分へと向けさせる〟呪い……しかも身につけなくてもいい、置いておくだけで効果を発揮する性質《たち》の悪いやつだ。レナードさんの書斎《しょさい》とレナードさん……密接に関係し合うその二つは遠隔地《えんかくち》においても相互《そうご》に作用し合うという魔術《まじゅつ》理論……感染魔術の応用だな」

「――ッ!?」

「その呪いは非常に脆《もろ》い代わりに、非常に発見しづらい術式になっていた。だから、俺も最初はそれが呪いの指輪であることにまったく気付かなかった。だが……残念だったな、その呪いは、そこのヘッポコ探偵《たんてい》の破邪《はじゃ》の剣《けん》が解呪しちまったよ。呪いの脆さが裏目に出たな」

「そん……なっ……」

「こっからは推理だが……恐らくアンタは、妻帯者のレナードさんに横恋慕《よこれんぼ》していた。だから、レナードさんの愛情を自分へ向けさせようと、その指輪をレナードさんへ譲渡《じょうと》……いや、違うな。あの奇妙な隠《かく》され方……アンタが以前、フィーベル邸を訪問か何かした時、レナードさんの部屋に直接仕込んだんだろうよ」

グレンの指摘《してき》に女性が目を見開いて硬直する。

「そして、しばらく経って、呪いがレナードさんへ十分浸透《しんとう》したことを確信したアンタは、その証拠を隠滅《いんめつ》するため、今回、ロザリーのアホに回収を依頼した！　流石《さすが》に二度もあの屋敷《やしき》に入るのは明らかにリスクだしな。そして後は、その二つのリングをどこかへ隠してしまえば、万々歳」

「そ、そ、それは……」

「なんだかんだ、フィリアナさん命なレナードさんだ。最初はレナードさんも、中々アンタを受け入れてくれないだろう。だが……愛情自体はすでに手に入れてるんだ。長期的には、確実にレナードさんを自分の物にできる……そう思ったんだよな？」

「わ、私は……私は……ッ！」

「諦めろ。フィーベル邸訪問の記録にその呪いの指輪、その他諸々……もう証拠は腐《くさ》るほどある。呪いが割れ、企《たくら》みが白日の下《もと》に晒《さら》された時点で、お前の負け……これはそういうゲームだ」

グレンがそう事実を突きつけた瞬間。

その女性は観念したのか、その姿がぐにゃりと蜃気楼《しんきろう》のように揺《ゆ》らぎ、まったく別の女性の姿へと変貌《へんぼう》する。

変身魔術をようやく解いたその女性は、がっくりとその場にくずおれた。

そして――

「ごめんなさい……本当にごめんなさい……愛していたんです……職場で初めて彼に出会った時から……レナード様を愛していたんです……ッ！」

そのうら若い女性は、両手で顔を押さえてぼろぼろと泣いていた。

恐らくは、そう根の悪い人間ではなかったのだろう。ただ、その女性はよほどレナードに懸想《けそう》していたのだろう。こんな禁断の呪術《じゅじゅつ》に手を染めてしまうほどに。

その若さゆえに、燃え上がる恋心《こいごころ》の暴走を抑《おさ》えきれなかったのだ。

「フィリアナ様に申し訳ないと思っていました……レナード様の家族に申し訳ないと思っ

ていました……ッ！　でも、それでも私は……ッ！」

そして女性は泣き崩《くず》れた顔を上げ、思い詰めたように問う。

「でも……どうしてわかったんですか……？　あの呪いの存在は、たとえレナード様ほどの魔術師でも絶対に気づけないはず。なのに、なぜ……？　いつから……貴方達は一体、いつから気付いていたんですか……ッ⁉」

そんなことを絞り出すように問う女性に。

「ふっ、それは……もちろん、最初からですよ」

ぽん、と。

ロザリーはどや顔で女性の肩に手を置いて、ふんすと鼻を鳴らした。

どこまでも恥《はじ》というものを知らないそんなロザリーの姿に、グレンががくんとずっこける。

「ええそう、私は貴女の企みも呪いも最初から全て見抜《みぬ》いていたんです。なにせ、私は凄《すご》い探偵ですからね！

ですが、貴女が道を踏み外《はず》すのを防ぐために……私はあえて、知らない振《ふ》りをして貴女の依頼《いらい》を受けたのです」

「ろ、ロザリーさん……」

「お辛《つら》いでしょう。痛いでしょう。愛を失うのは半身を失うも同義でしょう。でも、貴女の行いは、貴女がもっとも愛する人を、その家族を、不幸のどん底に突き落としてしまうのです。それは貴女にとって、真の幸せと言えますでしょうか？」

「…………」

「……まだ間に合います。考え直してください。貴女が真に幸せになれる新しい愛を探すことを諦めないでください。それがこの私——世紀の魔導探偵ロザリー＝デイテートの願いです」

そして、こんな時だけ格好良く決めて、ロザリーは優雅《ゆうが》に一礼するのであった。

「……貴女に依頼して、本当に良かった……ロザリーさん。やはり貴女は聞きしに勝る名魔導探偵でしたね」

すると、女性はどこか晴れ晴れとした表情で言った。

「私……自首します。そうして罪を償《つぐな》って……今度こそ本当の愛を探します。ありがとうございました」

「ふっ！　これにて一件落着！」

ばさりっ！

ここぞとばかりにロザリーはインバネスコートを翻《ひるがえ》してポーズを決めて。

その刹那《せつな》、グレンが瞬間《しゅんかん》移動のようにロザリーの背後を取り、ロザリーにヘッドロックを極《き》めていた。

「ぐえ⁉」

「お前な、ロザリー。マジでいい加減にしろよ⁉　お前、そんなに手柄《てがら》を独《ひと》り占《じ》めしたいか⁉　そんなに一人で良い格好したいか、ああん⁉」

「痛たたた⁉　痛い痛い痛いギブです、ごめんなさい、ごめんなさい、ごめんなさいいいいーーッ⁉」

「どやかましい⁉　毎回毎回、おいしいところばっか持って行きやがって！　今度という今度は許さん！」

「うきゃあああああああーーッ⁉」

とまぁ、いつもお決まりのやり取りで締《し》めて。

蓋《ふた》を開ければ意外と重大だった事件は、密《ひそ》かに幕を下ろすのであった。

次の日——

「ねぇねぇ、システィ。今日ってお義父《とう》様とお義母《かあ》様が帰ってくる日なんだよね⁉」

「うんうん、そうそう！」

本日の授業が終わったばかりの賑《にぎ》やかな教室で、ルミア、システィーナ、リィエルが楽しげに談笑している。

そんないつもの光景を、グレンは教卓《きょうたく》の上に頬杖《ほおづえ》をついて眺《なが》めていた。

「そうだ！　お父様もお母様も長期出張で疲《つか》れているだろうから、今夜は私達で夕食を作らない？」

「そうだね、賛成！」

「……ん。わたしも手伝う」

それはとても尊い穏《おだ》やかな光景。

グレンはふと、そんなシスティーナ達に尋《たず》ねる。

「なぁ、白猫。最近の親父《おやじ》さんとお袋《ふくろ》さんの仲はどうだ？」

「え？　どうしたんですか？　突然《とつぜん》」

すると、システィーナが小首を傾《かし》げて返す。

「相変わらず、年甲斐《としがい》もなく馬鹿ップルですよ。仕事先から送られてくる手紙や通信魔導器による定期連絡《れんらく》では相変わらず……です」

「ふうん？」

「あ。でも、そういえば……なんだかここ数日、喧嘩《けんか》でもしたのか、妙《みょう》に二人共ぎくしゃくしていて、少し心配していたんですが……今朝通話したら、なんだかもう、すっかり仲直りしたらしく、いつも通りお腹一杯《いっぱい》になっちゃいましたよ」

「……そか。そりゃよかった」

ふっと笑って。

グレンは席を立った。

「……先生？　あ、そうだ。今日、久しぶりにお父様達が帰ってくるので、豪勢《ごうせい》な夕食会を開こうと思っているんですが……良かったら先生も一緒《いっしょ》に参加しませんか？」

「うんにゃ、遠慮《えんりょ》しとく。家族水入らずに水差すほど野暮《やぼ》じゃねえよ」

そして、グレンは講師ローブを肩《かた》に担いだ。

今回、ロザリーが持ってきた事件はわりと際どいものだった。

誰《だれ》も気づいていないが、システィーナの家族が崩壊《ほうかい》する一歩手前だったと言ってもいい。

それを救ったのは——なんだかんだでロザリーなのだろう。

ロザリーが偶然《ぐうぜん》、依頼を受けなければ。ロザリーが偶然、あの呪《のろ》いの指輪を解呪しなければ。

グレンも呪いの存在に気付けず、真相には到達《とうたつ》しなかったのかもしれない。幸せな家族の唐突《とうとつ》な崩壊……そんな結果だけが残ったのかもしれない。

たかが偶然、されど偶然。

探偵の資質は数あれど、運命を引き寄せる引力こそが最大の資質だと、とある作家は言う。

ならば、ロザリーこそが――

「ふん。まぁ、たまにはあのヘッポコも役に立つじゃねーかってことで」

そんなことを呟《つぶや》いて。

今、一瞬《いっしゅん》、思い至りかけていたことを鼻で笑って一蹴《いっしゅう》して。

グレンは、肩を竦《すく》めて帰路につくのであった。

炎を継ぐ者

Inheritor of the Flame

Memory records of bastard
magic instructor

「ふざけるなッ！」

青年の怒声《どせい》が、辺りに残響《ざんきょう》した。

ここは、とある山間にひっそりと設けられた、魔導士《まどうし》小隊のベースキャンプ地。

死角が多い谷間の地形。周囲に鬱蒼《うっそう》と茂《しげ》る森。それらを覆《おお》い隠《かく》す夜の帳《とばり》。

漂《ただよ》う濃霧《のうむ》。吐《は》く息も白い寒気。

そんな深い闇《やみ》の中、息を潜《ひそ》めるように張られた天幕内にて。

今、一人の青年が、とある娘《むすめ》へと激しい剣幕《けんまく》で詰《つ》め寄っていた。

「お前、正気か⁉　マジで一体、何考えてんだ⁉」

帝国宮廷《ていこくきゅうてい》魔導士団の魔導士礼服に身を包んだその青年の名は、グレン＝レーダス。

「うるさいわね……」

対する娘は、そんなグレンを流し見ながら、鬱陶《うっとう》しげに髪《かみ》をかき上げている。

燃え上がる炎のような赤髪《あかがみ》。それが、天幕内を仄暗《ほのぐら》く照らすランプの光を、舞《ま》い散る火の粉のように跳《は》ね散らしている。その精緻《せいち》な美貌《びぼう》を切り裂《さ》くように、鋭《するど》い瞳《ひとみ》が虹彩《こうさい》を冷たい紫炎色《しえんしょく》に燃やしてグレンを射貫《いぬ》いている。

身に纏《まと》う野暮《やぼ》な魔導士礼服ごしにも存在を主張する、その艶美《えんび》な肢体《したい》のライン。

間違《まちが》いなく絶世の美女と評される麗人《れいじん》だが、その美しさよりも纏う雰囲気《ふんいき》の酷薄《こくはく》さが相対する者の魂《たましい》を深く捕《と》らえ、背筋を寒く震《ふる》わせる。

娘の名は、イヴ＝イグナイト。

アルザーノ帝国古参の大貴族にて魔導武門の棟梁《とうりょう》、イグナイト公爵《こうしゃく》家の次期当主。

そして、帝国軍最強と名高き帝国宮廷魔導士団特務分室の室長にして、執行官《しっこう》ナンバー1《魔術師《まじゅつし》》を拝命する、凄腕《すごうで》の女魔導士である。

そんなエリート中のエリートであるはずのイヴが、部下であるグレンの噛《か》み付きに、苛《いら》立《だ》ちを隠そうともせず、不快感を吐き捨てるように言い捨てた。

「何度も言わせないで。人質は全て切り捨てる。これはもう決定事項《じこう》よ」

そんなイヴの言葉に、グレンが激情も露《あら》わに、ぎり、と拳《こぶし》を握《にぎ》り固める。

だがイヴは構わず、突《つ》き放すように淡々《たんたん》と続けた。

「山間の町キルム。そこを武力占拠《せんきょ》した外道魔術師のテロリスト組織、暁《あかつき》の革命団。町全体を人質に取った彼らの要求は、〝帝国軍に拿捕《だほ》された組織幹部全メンバーの釈放《しゃくほう》〟。……こんなふざけた要求、一ミルたりとも呑《の》めないの。わかる？」

「ンなことはわかってるッ！　あんなクソ外道共を野放しに出来るか！」

「刻限までに釈放が確認出来なければ、連中は人質を皆殺《みなごろ》しにすると主張しているわ。そして、キルムは守りに堅《かた》く攻《せ》め難《がた》い。……人質の救出はほぼ不可能よ」

「だから切り捨てるっていうのかよ⁉」

「そうよ？　頭の悪い貴方《あなた》には理解できないでしょうけど」

グレンの糾弾《きゅうだん》に、イヴはさも当然とばかりに応じた。

「これはチャンスでもあるの。わかる？　キルムは守りに堅い反面、撤退《てったい》もできない陸《りく》の孤島《ことう》よ。ここで暁の革命団を完全に撲滅《ぼくめつ》すれば、帝国に巣くう病巣が一つ消える。これが帝国の治安向上にどれだけ貢献《こうけん》することか。どれだけの武勲《ぶくん》になるか」

「……ッ！」

「いい？　これは帝国の平和のためなの。理解して」

「だからといって、キルムの住民を見殺しにするのはおかしいだろ⁉」

いきり立ったグレンがイヴの胸ぐらを摑《つか》み、至近で激しく凄《すご》む。

「俺はそんな作戦、従えねえ！　お前がそれを断行するってんなら、もうお前の下で動くのはお断りだッ！　俺は俺で勝手にやらせてもらうぜ！」

「――なッ⁉」

「確かに、俺達は汚《よご》れ仕事ばっかのクソ外道だけどよ！　キルムの連中みたいなのを守るためにいるんじゃなかったのか⁉　それが最後の一線じゃねえのか⁉」

「そ、それは……」

「守るべき連中を平然と切り捨てて、何が武勲だ⁉　何が帝国軍だ⁉　ふざけんなッ！　俺はキルムの住民を絶対に見捨てたりはしねえぞ⁉　俺はこんな世界だからこそ、正しいと信じられる道を行く……お前ら上の都合なぞ知るか！」

と──その瞬間《しゅんかん》だった。

「うるさいわねッッッ！」

一体、何がイヴの逆鱗《げきりん》に触《ふ》れたのか。

今までは苛立ち交じりでも一応の冷静さを保っていたイヴが、突然《とつぜん》、激昂《げきこう》。

グレンの胸ぐらを掴み返し、烈火《れっか》のごとく激しく睨《にら》み返す。

「この期《ご》に及《およ》んで、まだ〝正義の魔《ま》法使《ほうつか》い〟気取り⁉　もういい加減にしてよ⁉」

「──ッ⁉」

「どうして貴方はそう命令を聞けないの⁉　命令を聞きなさいッ！　言っておくけど、現場で上官の命令に逆らう行為《こうい》は重罪よ⁉　軍法会議にかけられたいわけ⁉」

「ああ、上等だ！　俺は、何も間違ったことは言っちゃいねえ！」

売り言葉に買い言葉。

イヴの激昂に、グレンも激昂でもって応じる。

「くっ……ッ!?」

イヴがグレンの目を至近距離《きより》で覗《のぞ》きこむ。

すると、グレンの瞳は真摯《しんし》な想《おも》いの光に燃えている。我を失うほどの激情に呑まれながらも、自身が正しいと信じられる道を歩こうとする強き意志の輝《かがや》きに満ちている。

そんなグレンの瞳の光が——いつだってイヴの心をざわつかせ、苛立たせるのだ。

……恐《おそ》らく、自分には決してない光だから。

「本当に嫌《きら》い。私、貴方のことが大っ嫌い……」

不意にイヴの声が冷え込む。目が——据《す》わる。

イヴを中心に急上昇《きゅうじょうしょう》していく周囲の気温。なのに、辺りは氷点下のように寒い。

「痛い目、見ないとわからないみたいね」

「——ッ!?」

ぼっ！　グレンの胸ぐらを掴むイヴの手が、不意に炎を上げた。

ベースキャンプの作戦本部であるこの場所は、すでにイヴの領域内なのだ。

すなわち、眷属秘呪《シークレット》【第七園】。

熱と炎の魔術《まじゅつ》の大家、イグナイト秘伝の奥義。指定領域内における炎熱《えんねつ》系魔術の起動『五工程《クイント・アクション》』を破却《はきやく》し、呪文《じゅもん》なしで炎を自在に操るという規格外の術式。

イグナイトを近距離《きんきょり》魔術戦最強の《紅焔公《ロード・スカーレット》》たらしめる恐るべき魔術だ。

「て、てめぇ……ッ!?」

「貴方の相手は、いい加減、もううんざり！　躾《しつ》けてあげるわ……ッ！」

そんな恫喝《どうかつ》と共に、イヴが炎を操作し、巻き起こす。

凍《こご》えるようなイヴの雰囲気とは裏腹に、急激に上がる周辺温度。

吹《ふ》き荒《あ》れる熱気と熱波が、容赦《ようしゃ》なく肌《はだ》を焦《こ》がす。

対するグレンも、咄嗟《とっさ》に腰《こし》の拳銃《けんじゅう》へと手を伸《の》ばしかけ——

グレンとイヴの周囲に、嵐《あらし》のような炎が渦《うず》を巻きかけた——まさにその時だ。

「ダメぇえええぇッ！」

ごうっ！

少女の叫《さけ》びと共に突風《とっぷう》が巻き起こり、場にわだかまる炎と熱を吹き飛ばし——

「そこまでだ」

不意に音もなく現れた男が、イヴの手を掴む。

現れたその人物達は、セラ、アルベルト。

そして、二人の後ろには、最近、特務分室に入室したクリストフも立っている。

「喧嘩《けんか》はダメだよ、二人とも！」

「俺達がこんな所で殺し合って何になる？」

「そうですよ……まずは落ち着きましょう」

ぷんぷんと頬《ほお》を膨《ふく》らませるセラに、氷のような表情を崩《くず》さないアルベルト、そして、穏《おだ》やかに語りかけてくるクリストフ。

そんないつも通りの仲間達に、イヴはばつが悪そうにグレンから手を離す。

「……けっ！」

解放されたグレンは、イヴから一歩離《はな》れ、ふて腐《くさ》れたようにそっぽを向くのであった。

「ふん。お前達の喧嘩の理由など容易に想像がつく。件《くだん》の作戦だろう？」

「言っておくけど。悪いのは私じゃなくて、グレンだから」

アルベルトの淡々とした問いに、腕組《うでぐ》みしたイヴが鼻を鳴らして、視線を逸《そ》らす。

「だろうな。いつもの事だ」

「わかっているなら話が早いわ。アルベルト、貴方からもグレンへ言ってやって。人質は切り捨てる……これは決定事項よ。効率を重視する貴方なら理解できるわよね？」

味方を得たとばかりに、イヴはアルベルトを促《うなが》す。

だが、意外にも。

「その件だが、俺も反対だ」

「な⁉」

アルベルトまでもが、作戦を拒否《きょひ》したのだ。

「どういうこと？　貴方まで上官の命令に逆らうというわけ？」

「俺達は軍人だ。どうしてもというなら任務を遂行《すいこう》するにやぶさかではない。だがそれは、本当により多くを救うための、やむを得ない犠牲《ぎせい》なのか？」

「──ッ⁉」

アルベルトの指摘《してき》に、イヴが固まる。

「一を切って九を救う……時に非情な判断を求められることはある。だが、この戦況《せんきょう》……俺はまだ一を切る決断をすべき段階だとは、とても思えない」

「そ、そうだよ、イヴ。まだ刻限まで時間はあるよ」

そして、セラまでそんなことを言い始める。

「考えよう？　皆《みんな》を助ける方法を。イヴならきっとできるよ……もちろん、私達だって全力で協力する。グレン君も……ねっ？」

「……ふんっ！　さあ、どうだかな！」

子供のようにふて腐れているグレンに、セラは苦笑いするしかない。

「……くっ……」

そんな一同を前に、イヴは悔《くや》しげに拳を握り固め、俯《うつむ》いた。

グレンはともかく、この遠征《えんせい》部隊の主戦力であるアルベルトとセラにまでそう言われてしまっては、指揮官のイヴの立つ瀬《せ》がない。

「それでも……それでも、私は……ッ！」

一度命令を下した上官としての面子《メンツ》もあり、イヴはすでに引くに引けない。

やむを得ず、イヴが上官権限を利用して、己の命令を頑《かたく》なに押し通そうとした……まさにその時だった。

「何を焦《あせ》っている？　イヴ」

「――ッ⁉」

アルベルトの端的《たんてき》な指摘が、イヴの胸にぐさりと突き刺《さ》さる。

それが、イヴの脳裏に呪《のろ》いのようにこびりつく、とある記憶《きおく》を想起させる――

――イヴ。今回の作戦……わかっているな？

――失敗は許されんぞ。イグナイトの名にかけてな。

――もし、失敗したら、貴様は――……

「……わ、私は……私は……」

すると、イヴはみるみるうちに意気消沈《いきしょうちん》していく。

普段《ふだん》の輝くような自信に満ちた表情が、今はまるで迷子のようだ。

そんなイヴを見かねて、アルベルトが少し嘆息《たんそく》して言った。

「暫《しばら》く休息を入れろ。お前は常日頃《つねひごろ》の激務で精神的に疲弊《ひへい》している」

「そうだね……疲《つか》れているといい考えも浮《う》かばないしね……」

「そんなことないわ……ッ！　私は──」

「お前の休息の間、部隊指揮は、俺が務める」

「僕は引き続きキルムの内偵《ないてい》調査を続けます。……後のことは頼《たの》みます」

「うん、わかったよ。クリストフ君。気をつけてね？　ほら、グレン君も行こう？　グレン君もちょっと休んで？　ね？」

「……けっ……」

各々《おのおの》そのようなことを言い残して。

アルベルト達は有無を言わさず、天幕を出て行ってしまう。

「ちょ、ちょっと……ッ！　何を勝手に──……」

そんな部下達の態度に、イヴは再び激昂しかける。

だが、その身を焦がすような怒《いか》りの炎《ほのお》は、爆発《ばくはつ》寸前で、ふっと蝋燭《ろうそく》を吹き消すようにかき消えてしまうのであった。

「……なんなのよ……もう……」

派手に音を立てて、イヴが天幕内の椅子《いす》に腰掛《こしか》け、作戦テーブルに突《つ》っ伏《ぷ》す。

心が重たい。確かに今の自分は色々と疲れている。

私、なんで、こんな嫌《いや》な気分になっているんだろう？

テーブルに力なく突っ伏したまま、イヴは心に渦巻《うずま》くこの不快感の正体を探る。

……探るまでもなく、その原因は明らかだ。

「……グレン……」

あの男だ。

いつまでも〝正義の魔法使い〟という子供じみた理想を夢見続ける、あの男だ。

だが、かといって、グレンが現実の見えない本物の馬鹿《ばか》かと言えば、違《ちが》う。

本物の馬鹿ならば、蔑《さげす》んで無視すればいいだけで、ここまで不快にはならない。

グレンは、すでにこの世界に〝正義の魔法使い〟などいないことと、己の限界を理解している。いくらそれを目指してひた走っても、決して届かないことをわかっている。

だが、そんな現実に直面して尚《なお》、グレンはそれを目指して走り続ける。

自分の信じる正しい道を貫《つらぬ》こうとする。

そんなグレンの姿を見ていると、イヴは……

「……ムカつく……あぁ、ムカつく……ッ！」

いつだって、言いしれぬ不快感と苛立《いらだ》ちに襲《おそ》われるのだ。

「なんなの、なんなのよもう……ッ⁉　なんで、あいつを見ていると、こんなにイライラするのよ……ッ⁉」

生理的に合わない、受け付けない……とはまた違う。

グレンの何かが、イヴの心の深い所を常に掻《か》きむしり、不協和音を奏でるのだ。

「一体、あいつの何が……？」

イヴはテーブルに力なく突っ伏したまま、そんなことをぼんやりと考える。

疲れた心身が欲《ほっ》するまま、束《つか》の間の休息を享受《きょうじゅ》しながら。

イヴは、とりとめもなく考え続けるのであった——

————。

——唐突《とうとつ》だが、少し昔話をしよう。

私の母の名は、シェラ＝ディストーレ。

彼女は、ただただ善人で、良き母親で……そして、報われない人だった。

母の生まれは、平民。

そして、代々イグナイト家に奉公《ほうこう》する使用人であった。

今となっては何があったかは不明だが、私を身籠《みご》もってしまったことで、母は暇《ひま》を出され、イグナイト家から放逐《ほうちく》されてしまったという。

母は私のせいで、イグナイトという大樹に守られた生活を失ってしまったのだ。

母は世間知らずの娘《むすめ》だ。特に学があったわけでも、なんらかの職業技能に秀《ひい》でていたわけでもない。

この厳しい社会に身寄りもなく、突然《とつぜん》放り出された先に待っていたのが、艱難《かんなん》と辛苦《しんく》の道のりだったであろうことは想像に難《かた》くない。

だが、母が私を産んだことを後悔《こうかい》したり、私を疎《うと》ましく思って虐待《ぎゃくたい》したり――そんなありがちなことはまったくなくて。

――ふふっ、いい子、いい子……私のイヴ。可愛《かわい》いね。

──生まれてきてくれて、ありがとう。私のところに来てくれて、ありがとう。

──私が貴女《あなた》を守るから……ずっと、ずっと守るから……

──だから、大きくなったら一緒《いっしょ》に遊ぼうね……


……私の記憶の中の母は、いつも笑っていた。

そして、母は泣き言一つ漏《も》らさず、仕事を探し、女手一つで私を育ててくれた。

だが、何の学も技能もない、平凡《へいぼん》な平民の娘──しかも子持ちの女に出来る仕事など、そうあるものでもなく、実入りも少ない。

生活は常に苦しく、母は仕事と育児、日々の生活のため無理に無理を重ねていく。

今、色々と思い返せば、当時子供だった私には言えない仕事……たとえば、娼婦《しょうふ》のような仕事も、母はしていたのかもしれない。全ては私のために。

だが、私にとってそんな生活が不幸せだったかと言えば、そんなことはなく。

母は明らかな重荷である私を、心から愛し続けて。一生懸命《いっしょうけんめい》育ててくれて。

日々の無理と苦労が祟《たた》り、身体《からだ》を壊《こわ》しがちだったが、母はいつも私に優しくて。

幼心《おさなごころ》に、私はいつか母に楽な生活をさせたいと思い、必死に勉強を頑張《がんば》った。

近所の教会が奉仕《ほうし》活動で開く筆学所に通い詰《つ》め、朝から晩まで勉強に明け暮れた。

幸い私は地頭が良かったらしく、やがて私は天才、神童などと呼ばれるようになり、様々な奨学金《しょうがく》や公的援助《えんじょ》の話が舞《ま》い込《こ》んでくるようになる。

〝お宅のお嬢《じょう》さんは、もっと良い学校へ通うべきです〟——そんな話を聞いた、あの時の母の顔は忘れられない。

凄《すご》い、凄いねと、まるで自分のことのように泣いて喜び、私を褒《ほ》めてくれたものだ。

これで、母も少しは楽になるだろうし、僅《わず》かながら生活にも余裕《よゆう》ができるだろう。

そうだ、今までは私が母に守られるばかりだったけど。

これからは、私が母を守るのだ——

全てが良い方向に行く。幼い私がそんな希望を抱《いだ》いた——その矢先だった。

それは——私が九歳の時だった。

私達母子が住む貧民街《スラム》に、帝国軍《ていこく》に追われたとある外道魔術師《まじゅつし》が逃《に》げ込み、帝国軍魔導《まどう》士《し》達と壮絶《そうぜつ》な市街戦を始めたのだ。

そして運悪く、私はその現場に巻き込まれてしまった。

生まれて初めて見た、恐《おそ》るべき魔術《まじゅつ》の暴威《ぼうい》を前に、私は恐ろしくて動けない。

誰《だれ》かが放った炎の呪文《じゅもん》が、流れ弾《だま》となって、私を襲って——

──ごほっ……ごめんね……私、もう、イヴの傍《そば》に居てあげられないよ……

──ごめんね……ダメなお母さんでごめんね……

──本当に……ごめんなさい……イヴ、こんな私を……許して……

間一髪《かんいっぱつ》──母が私を庇《かば》って、母は私の代わりに死んでしまった。

あまりにも簡単で、あっけなさ過ぎる別れだ。

これからだというのに。せっかく、全てが良い方向へと傾《かたむ》きかけていたというのに。

母は、どこまでも善人で、良き母親で……どこまでも報われない人だった。

希望を見せて、どん底に落とすなんて、神様は残酷《ざんこく》過ぎる。

一体、母が何をした？　どうしてこんなことに？

一体、前世でどんな罪を犯せば、こんな目に遭《あ》うの？　全部、私のせいなの？

普通《ふつう》の人と普通に結婚《けっこん》して、普通に子をなせば、普通に幸せになれたはずの人だった。誰よりも、幸せになるべき人だった。

なのに、私なんか産んでしまったから。私なんかが母の傍に居たから。

………。

私が、実の父――アゼル＝ル＝イグナイトと会ったのは、その頃《ころ》だった。

「貴様が、イヴ……シェラの娘か」

母の墓前で呆然《ぼうぜん》と泣いている私の前に、その男は現れた。

イグナイト独自の情報網《じょうほうもう》ゆえか、あるいは別の伝手《つて》か。

今となってはわからないが、父は何の前触《まえぶ》れもなく、唐突に私の前に現れたのだ。

自分と同じ髪《かみ》の色と目の色。そして、雰囲気《ふんいき》。あるいは根源的な何か。

血縁《けつえん》とは不思議なものだと思う。

私は、この男が自分の実の父親なのだと、説明される前に一目で理解していた。

父との唐突な邂逅《かいこう》を喜ぶべきか、あるいは母を捨てた父を憎《にく》むべきか。

幼い私が困惑《こんわく》していると、妾《めかけ》の女とはいえ、仮にもかつて情をかわしたはずの母の墓には目もくれず、父は私へ一方的にこう言ったのだ。

「我がイグナイト家の嫡子《ちゃくし》、リディアの妹――アリエスが〝病死〟してな。次期当主の〝予備〟がなくなったのだ」

「そこで、曲がりなりにもイグナイトの血を引く貴様を〝予備〟として、当家に招き入れることにした」

予備。父は、初対面の私に、はっきりそう言った。

さらに詳《くわ》しく話を聞けば、どうやら、私は魔導の大家イグナイトの〝予備〟として、魔術師にならなければならず、私に拒否権《きょひ》はないらしい。

お笑いだ。微《かす》かにはあったかもしれない、父娘《おやこ》の邂逅の余韻《よいん》が見事にぶち壊しだ。

「しかし、イヴと言ったか？　リディアには遠く及《およ》ばぬとはいえ、まずまずの魔力《まりょく》を持っているようだ。予備としては及第点《きゅうだい》だろう」

「あの愚図《ぐず》で役立たずのシェラも、最後に良い仕事をしたということだな」

当然、幼い私はこの父に怒りと反発を覚える。

だが当時、九歳だった小娘《こむすめ》である私に、何ができるわけでもない。

そして、そんな横柄《おうへい》な父に対する怒りよりも――何よりも、その時の私は哀《かな》しかった。

あれだけ善人で幸せになるべき人であった母は、父にとって特別でも何でもなかったという残酷な事実が辛《つら》かった。

（……わたしが優秀《ゆうしゅう》な魔術師になったら、きっと、お母さんのことも見直してくれる……お母さんのことを特別だと思ってくれる……？）

それは何の根拠《こんきょ》もない、子供の発想だ。
だが、当時の私には縋《すが》るものがそれしかない。
そもそも、たかが九歳の小娘に選択肢《せんたくし》など、あってないようなもの。
全ての過去を置き去りに。
この日から、私はイグナイトのために生きる歯車となった。
そう、この時から、私はイヴ＝ディストーレから、イヴ＝イグナイトとなったのだ。
そして、時は流れる――

――――。

アルザーノ帝国首都、帝都《ていと》オルランド郊外《こうがい》。

五つの巨大《きょだい》な塔《とう》からなる帝国宮廷《きゅうてい》魔団の総本部――『業魔の塔』。

その敷地《しきち》内、帝国軍魔導士特別訓練場にて。

「《吠《ほ》えよ炎獅子《えんじし》》！」

広漠《こうばく》としたフィールドに、少女の凛《りん》とした叫《さけ》びが響《ひび》き渡《わた》る。

新品の魔導士礼服に身を包んだ赤髪の少女が、横飛びざまに呪文を唱えたのだ。

その瞬間、鋭《するど》く飛来してきた雷閃《らいせん》は、少女の身体を際どく掠《かす》め――

少女が放った業熱の火球は、狙《ねら》い過《あやま》たず相手の魔導士を捉《とら》えた。

「ぐわぁあああぁーっ⁉」

上がる爆炎《ばくえん》の直撃《ちょくげき》を受けた魔導士が、空に吹《ふ》き飛ばされる。

「止《や》め！」

そしてその瞬間《しゅんかん》、教官らしき人物が間に割って入り、模擬《もぎ》魔術戦の終了《しゅうりょう》を告げた。

「ポイント０－３！　勝者、イヴ＝イグナイト十騎長《きちょう》！」

「「「おおおおおおおおおおおおお――ッ⁉」」」

途端《とたん》、その模擬魔術戦を周囲から固唾《かたず》を呑《の》んで見守っていた軍の魔導士達が、一斉《いっせい》に驚《きょう》愕《がく》の声を上げた。

「マジか⁉　信じられねえ⁉　クロウまでやられたぜ⁉」

「くっそぉ、今年の新兵共をいっちょ揉《も》んでやろうかと思ったら、揉まれてんのはこっちじゃねーか!?」

「あの子、本当に今年、軍学校を卒業したばかりなの!?」

「さすが、魔導武門の棟梁《とうりょう》、イグナイト家……」

口々の驚嘆《きょうたん》をその一身に受けながら、少女——イヴは左手に纏《まと》う炎《ほのお》の魔力の残滓《ざんし》を払《はら》って一息を吐《つ》き、一礼した。

イヴ＝イグナイト、十四歳。

帝国軍士官候補学校に入学後、弛《たゆ》まぬ努力と研鑽《けんさん》の末、その魔導の才をいかんなく開花させる。そして、異例の飛び級を重ねて歴代最短で卒業。

早くも魔導士の精鋭《せいえい》部隊、帝国宮廷魔導士団に鳴り物入りで入団。

すでに数々の実戦任務に参加し、武功を上げつつある才媛《さいえん》。

そのエリート街道を猛進《もうしん》する在り方は、イグナイトの名を体現するに相応《ふさわ》しい、実に華々《はなばな》しいものであった。

そして今回、軍事訓練の一環《いっかん》として帝国宮廷魔導士団の十八歳以下の若手魔導士内で行われる、定例の模擬魔術戦会。

イヴは当然のように圧倒《あっとう》的な戦績を収め、第一位の成績を叩《たた》き出していた。

「ぐぅおおおおお!?　まーたー負ーけーたぁああああああーーっ!?」

呼気を整えるイヴの前に、真っ黒焦《こ》げになった魔導士がやって来る。

頭髪《とうはつ》を金と赤に派手に染め分けた、軍人らしからぬ魔導士――つい先刻の試合で、イヴに吹き飛ばされた魔導士だ。

「くっそ、お前なんなんだよ!?　なんで俺より年下のくせにそんな強《つえ》えんだ!?」

「貴方《あなた》だって強いじゃない、クロウ＝オーガム十騎長。去年の卒業生でありながら、もう第三位でしょう?」

「うるせえ、今年卒の第一位！　余裕こいてんじゃねーっ！」

呆《あき》れ顔のイヴに、クロウが涙目《なみだめ》で食ってかかる。

「俺は！　修業を積んで強くなって、絶対にお前に勝ってやるからな!?　その時までクビを洗って待っていろよ、くそう！　うおおおおおん！」

そして、男泣きに噎《むせ》びながら、クロウはそのまま走り去って行った。

「はぁ、暑苦しい男……」

そんなクロウを、イヴは溜息《ためいき》交じりに見送る。

だが、クロウ＝オーガムのように、竹を割ったような性格の男は珍《めずら》しい方だろう。

むしろ――

「畜生《ちくしょう》……なんなんだよ、イグナイトって……反則だろ……」

「あんな薄汚《うすぎたな》い家の連中が、どうしてこんなにのさばるんだよ……？」

「しょせん世の中、家と才能なのね……」

「……くそっ……やる気なくなるよ……」

遠巻きに観戦していた若手魔導士《まどうし》の中には、僻《ひが》み、妬《ねた》み、嫌悪《けんお》……そういった負の感情を露骨《ろこつ》に表す者も多く存在する。

よくよく見れば、一見、イヴを賞讃《しょうさん》しているように見える者達も、そのほとんどがイヴの圧倒的な才覚と力に引いている。

有り得ない、嘘《うそ》だろ、なぜこんな小娘に……そんな感情が見え隠れしている。

だが、それが悪口や陰口で留まるならば問題ない。

イヴも、その程度のやっかみをスルーする処世術くらいは身につけている。

問題は——

「ふん……また、随分《ずいぶん》と調子が良さそうだな、イヴ＝イグナイト」

このように、実際に身に降り掛《か》かってくる火の粉だ。

イヴが声の方向を振《ふ》り向けば、鬱屈《うっくつ》とした雰囲気の神経質そうな青年が、イヴに向かって歩み寄ってくるのが見えた。

「魔術《まじゅつ》の研鑽には、色々とお金がかかるしな。お前、その歳でその領域に達するため、一体、どれだけの金を使ってもらったんだ？　あーあ、イグナイトが羨《うらや》ましいな」

青年は、イヴの前に立つと、横柄な態度で見下ろしてくる。

「汚《きたな》いやり方で政敵を蹴落《けお》として、あらゆる者を利用して道具扱《あつか》い。そんなことばかり繰《く》り返して帝国《ていこく》上層部に幅《はば》を利《き》かせる腐《くさ》った家……そんなお家が稼《かせ》いだ金で、圧倒的な力を身につけた気分はどうだ？　さぞかし気分良いんだろうなぁ？　ああ？」

「リーザフ正騎士《きし》。何か用ですか？」

イヴはリーザフの挑発《ちょうはつ》に応じず、淡々《たんたん》と返す。

「は、別に？　イグナイトという大笠《おおがさ》の下、有頂天になっている小娘に、少し社会を教示してやろうと思ってな」

「必要ありません。それに、私は十騎長……貴方の上官です。口の利き方に気をつけてください」

「ふん……一丁前に言うな、世間知らずの小娘が」

「当家への謂《い》われなき侮辱《ぶじょく》と合わせ、それ以上、その不快な口を開くというなら、こちらにも考えがありますが？」

舐《な》められてたまるか……イヴがそう冷ややかに凄《すご》むと。

「ちっ……」

リーザフはぷいとそっぽを向き、その場を去って行く。

「いつまでも、その欺瞞《ぎまん》の権勢が続くと思ってんじゃねえぞ……薄汚い一族が」

そう呪《のろ》いのような言葉を言い捨てて。

「………」

イヴは、そんなリーザフの後ろ姿を黙《だま》って見送るのであった。

イグナイト公爵家《こうしやくけ》は、帝国東部に広大な領地を持つ領地貴族だ。

だが、王家に次ぐ地位を持ち、帝国政府の要職につくイグナイト公爵家の当主が、年がら年中、自身の所領にこもり、領地運営のみに手を煩《わずら》わせるわけにはいかない。

そこで、領地運営は一族から選出された領主代行に任され、当主は帝都にあるイグナイト所有の別邸宅《タウン・ハウス》に詰《つ》め、日々執務《しつむ》を行っている。

そんなイグナイトの別邸宅《タウン・ハウス》の書斎《しよさい》にて。

「一体、それがどうしたというのだ？」

執務机について書類に目を通す赤髪《あかがみ》の中年男性は、眼前に立つイヴに一瞥《いちべつ》すらくれることなく、冷たく言い放っていた。

アゼル＝ル＝イグナイト卿《きょう》。

現・イグナイト公爵家の当主にて、軍の最要職につく人物。

女王の円卓《えんたく》会にも席を持ち、帝国軍内において絶大な影響《えいきょう》力を持つ男だ。

「模擬魔術戦で一位を取った？　そんなもの、イグナイトならば当然だろう。そんなくだらないことを報告するために、貴様はわざわざ私の前に現れたのか？」

「い、いえ、父上……ただ、私は……」

目を合わせずとも、男から立ち上る凄《すさ》まじい威圧感《いあつかん》がイヴを圧倒する。

「そんなことより、貴様が従軍した先のテロ組織討伐《とうばつ》任務の件だが……報告書は読んだ」

「は、はい！　あの時は、私の槍《やり》働きをエルネス百騎長も高く評価してくださって――」

イヴが何かを期待するように、頬《ほお》を微《かす》かに紅潮させるが。

「ふざけているのか？　貴様は志が低過ぎる」

切り捨てるようなアゼルの返しに、イヴは押《お》し黙るしかない。

「エルネスのごとき凡夫《ぼんぷ》に評価されたことがそんなに誇《ほこ》らしいか。愚図《ぐず》め」

「……っ」

「そもそも貴様、独断で持ち場を放棄《ほうき》した盤面《ばんめん》があったな？　あれはさらなる武功が稼げた盤面だった。だが、それをみすみす逃《のが》した。やる気あるのか、貴様は」

「い、いえ、私はそんな……ッ！　それに、あの盤面は、私が動かなければ――」

「黙れ。口答えするな」

何かを訴《うった》えるようなイヴを、アゼルは冷たく切り捨てる。

「貴様はくだらぬ情に流され、己の本懐《ほんかい》を見失う。だから三流なのだ。貴様は一体、いつになったら一流になる？　まったく……愚図なところはシェラと同じだな」

「………………」

「いくら予備と言っても、イグナイト。混じり者であるという言い訳は通じぬ。その予備に相応《ふさわ》しい格を、逸早《いち》く身に付けて欲しいものだ」

「も、申し訳ございません、父上。イグナイトを背負うに相応しき器《うつわ》になれるよう、父上のご期待に添《そ》えるよう、これからも精一杯《せいいっぱい》、努力と研鑽を――」

「期待などしておらぬ。貴様が邁進《まいしん》するのはただひたすら義務だ」

「……ッ！」

取り付く島もないアゼルに、イヴは哀《かな》しげに俯《うつむ》くしかない。

「話は終わりだ。さっさと己が為《な》すべきことを為せ」

「……かしこまりました」

そう言い残して。

すっかり意気消沈《いきしょうちん》してしまったイヴは、すごすごとその部屋を退室していく。

書類仕事をするアゼルは、ついぞ一度もイヴの姿を見ることはなかった。

イグナイトの別邸宅《タウン・ハウス》を出て、軍の宿舎への帰路につきながらイヴは物思う。

（……わかっていた。わかってはいたけど……）

溜息《ためいき》が自然と零《こぼ》れる。

アゼルに、模擬《もぎ》魔術戦の結果を報告したところで、アゼルからこのような反応がくるであろうことはわかっていた。

それでも、あえて報告に行ったのは……やはり、どこか期待があったからだ。

アゼルがイヴを認めてくれる、褒《ほ》めてくれる……そんな期待。

（父が私を認めてくれれば……そうすれば……少なくとも、母は父にとって特別な存在だったということになるから。だって……そうしないと母があんまりじゃない……）

そう思って、必死にひた走り続け、早五年。

わかったことは、父にとって母が本当にどうでもいい存在であったことであり、自分はただただイグナイトという巨大船《きょだいせん》を動かす屋台骨の予備に過ぎぬという事実。

（もう、現実を見るべき頃《ころ》かもしれない……）

イグナイトにやってきて以来、イヴの悩《なや》みや葛藤《かっとう》は尽《つ》きなかった。

平民の妾《めかけ》との子……いわゆる〝赤い血〟混じりのイヴに、純血の貴族たるイグナイトの一族は、アゼルに限らず冷たい。

常に最高の結果を当然のように求められ、しくじれば、愚図、混じり者と罵《ののし》られ、達成しても何の評価も賞讃もない。ただ、次の結果を機械のように求められる。

世間一般《いっぱん》の貴族という言葉から想像される華《はな》やかな生活とはかけ離《はな》れた、今にも息が詰《つ》まりそうな、生き地獄《じごく》のような世界。

イヴがこの五年、この重圧と重責に押し潰《つぶ》されずに立っていられたのは奇跡《きせき》に近い。

(ううん……奇跡とは違《ちが》うわね。私が私でいられたのは、あの人のお陰《かげ》。……もし、イグナイト家にあの人がいなかったら、私は一秒だってこんな家にいられなかった……)

ふと、そんなことを思う。

思った瞬間《しゅんかん》、なんだか無性にその人に会いたくなってくる。

(……あの人……今は確か、北方辺境の魔獣掃討《まじゅうそうとう》に参加していて……予定通りなら今日、帝都《ていと》に帰還《きかん》するはずなんだけど……)

と、イヴがそんなとりとめもないことを考えながら、ぼんやり歩いていると。

「だーれだっ⁉」

不意に、そんなかけ声と共に、視界がふっと真っ暗になる。

背後からこっそり近づいてきた誰《だれ》かが、手を回してイヴの両目をふさいだのだ。

異常事態である。

若手とはいえ、同期では並ぶ者なき凄腕《すごうで》の魔導士であるイヴ。そんな彼女に、まったく気配も感じさせず背後に立つなど、軍の一線級の魔導士達ですら難しい。

ゆえに、こんなことが出来る人物は一人しかいない。

「り、リディア姉さん⁉」

イヴが目を覆《おお》う手を振り払《はら》って、ぱっと振り返ると。

「ふふっ、久しぶりね、イヴ。元気だった？」

そこには、帝国宮廷《きゆうてい》魔導士団特務分室の礼服に身を包む娘《むすめ》がいた。

歳の頃は二十歳ほどだろうか。翻《ひるがえ》る長い髪は透《す》き通るように鮮《あざ》やかな真紅。優しい紫炎《しえん》色《しよく》を灯《とも》すまなざし。それらが暖かな陽光を受けて明るく輝《かがや》いている。

イヴによく似たその精緻《せいち》なる面立ちは、二人の血の繋《つな》がりをよく感じさせるが、硬く冷たい印象を受けるイヴとは異なり、その娘は家庭的で親しみやすい。

イヴを戦女神《いくさめがみ》の美貌《びぼう》と称《しよう》するなら、地母神の美しさだろう。

まさに人々の行く先を明るく照らし導く炎《ほのお》そのもののようなその娘の名は、リディア＝

イグナイト。

エリート中のエリート、帝国宮廷魔導士団特務分室の室長にて、執行官《しっこう》ナンバー1《魔《ま》術師《じゅつし》》を拝命する超一流《ちょういちりゅう》の魔導士《まどうし》であり、イグナイトの嫡子《ちゃくし》。

イヴの腹違《はらちが》いの姉であった。

「姉さん……何度も言いますが、気配を消して『誰だ』をやるのはやめてください」

「いいじゃない。姉妹水入らずのスキンシップよ？」

「はぁ……相変わらずですね。それにしても、ご帰還されていたんですね」

「ええ、上への報告も終わったところ。うーん、つーかーれーたぁー」

リディアが気の抜《ぬ》けた伸《の》びをする。

そんなリディアへ、イヴは淡々と定型的な挨拶《あいさつ》を告げる。

「その様子ならば、任務は首尾《しゅび》良《よ》く終わったようですね。姉上が無事に帰還されたことを、心より喜ばしく申し上げ――」

が。

「あ、そうそう。ねえ、イヴ、今から空いている？」

そんな堅苦《かたくる》しいイヴの言葉を塞《ふさ》ぐように、リディアが悪戯《いたずら》っぽく言った。

「……え？　いえ、私はこれから自主訓練を行う予定――……」

「私、今日はもうこれでオフなんだけど。イヴ、ちょっと私に付き合ってくれない？」

「い、いや、だから、私はこれから――……」

「よーしよしよしっ！　久しぶりの姉妹水入らずねっ！　じゃあ、今から早速、帝都の中心街に遊びに行ってみよーう！」

「ね、姉さぁーんっ⁉」

ぐいぐいぐいぐいとイヴの腕《うで》を引っ張って歩き始めるリディア。

イヴは為す術《すべ》もなく、リディアについて行くしかないのであった――

「うーん、美味《おい》しい……あそこの新作クレープ、前から食べてみたかったのよね」

「…………」

二人は大勢の人で賑《にぎ》わう帝都の大通りを歩いて行く。

先程、リディアの強い提案で、屋台でクレープを二つ購入《こうにゅう》し、それを食べながら歩いて行く。

「ね？　あの店のクレープ、美味しいでしょう？」

「は、はぁ……まぁ……」

イヴとて女の子だ。

香《こう》ばしく焼けた生地に、程よい甘さのクリームと色とりどりのフルーツがたっぷり入っているそのクレープは、平時ならとても美味しく感じるだろうことは間違《まちが》いない。

だが、今はイヴもリディアも軍服を着ていて、しかも往来を歩きながらの立ち食いだ。

こんなはしたない場面、イグナイトの一族の誰かに見られたらと思うと気が気ではなく、クレープの味はさっぱりわからなかった。

「ああ～、生き返る～♪　それにしても軍の携行《けいこう》食って、どうしてあんなに不味《まず》いのかしら？　美味しい食事は士気に直結すると思うんだけど、イヴ、どう思う？」

「……軍用糧《りょうしょく》食に必要なものは、継続《けいぞく》的な戦闘《せんとう》行動に必要なエネルギーを過不足なく摂《せっ》取《しゅ》できるかであり、別に味は……」

「はぁ～～、そんなんじゃ、イヴは将来、お嫁《よめ》さんに行く時、苦労するわね……」

「よ、余計なお世話ですっ!?」

そんな他愛《たわい》のない話をしながら、二人は肩《かた》を並べて当てもなく歩いて行く。

「あ、見てみて、このアクセサリー、可愛《かわい》い！　イヴに似合うんじゃない？」

「私みたいな可愛げのない女に、そんなもの似合いません」

時に、露天商《ろてんしょう》を冷やかして……

「あっははははっ！　今のおっかしーっ！　ねぇねぇ、見た⁉　まさか、最初に置いたあのカボチャにあんな仕込みがあったなんて！　ぷくくく」

「あの……笑うポイントが全然わからないです」

時に、大道芸人の路上パフォーマンスにおひねりを投げていって……

「うわ、いいな、この服！　可愛いなぁ、欲しいなぁ、着たいなぁ」

「姉さん、ちょっと、ご自分のお歳を考えて。そんなフリフリの少女趣味《しゅみ》な服は……」

「あらそう？　じゃあ、イヴならきっと似合うわよね？　ようし、買ってあげる！」

「要《い》りません！」

「それじゃ、早速、試着してみようね、イヴ！」

「人の話聞いてますか⁉」

時に、服飾《ふくしょく》屋でイヴが着せ替《か》え人形と化したりして……

そんなこんなで姉妹で過ごす一時がゆっくりと過ぎていく。

基本、イヴは、お淑《しと》やかなようでどこか強引なリディアに振《ふ》り回されるばかりだが……

この時、イヴは間違いなく、安らぎのようなものを感じていた。

常に鋼鉄のように張《は》り詰めていた心が、この時ばかりは雪解けのように緩《ゆる》んでいく。

明るく社交的なリディアと、無愛想で非社交的なイヴ。二人の間で合う趣味や話題なんてほとんどない。

だが、誰もがイヴを〝混じり者〟として、斜《なな》めに冷たく見るイグナイト家において、姉の隣《となり》だけがイヴにとって心安らげる場所なのであった。

「……どうしたの？　イヴ」

ふと、気付けば、リディアがイヴの顔を覗《のぞ》き込んでいた。

「ぼ～っとしてたよ？　何かあったの？」

「い、いえ……何も」

どうやら、安らぐあまり、イヴは姉の話を聞き流してしまったらしい。

いつの間にか楽しい一時は終わり、二人は軍宿舎への帰路についていた。

日はすでに傾《かたむ》きかけ、街並みは黄昏《たそがれ》色に染まりかけている。

足から伸びる影《かげ》がどこまでも伸びて、二人を先導していた。

「……す、すみません、姉さん。ちょっとぼんやりしていました。ええと……一体、何の話をしていましたか？」

すると。

「ふふっ、私の可愛いイヴの大活躍《だいかつやく》についての話よ？」

リディアは特に気分を害した風もなく、くすりと笑いながら答えた。

「……私の活躍？　ですか？　一体、何のこと……」

「実はもう聞いてたの。ほら？　今日、若手内で行われる恒例《こうれい》の模擬《もぎ》魔術《まじゅつ》戦。イヴ、断トツの一位だったんだって？」

「！」

先程、父からけんもほろろに切られた話だ。嫌《いや》な記憶《きおく》が蘇《よみがえ》る。

リディアにその話題を唐突《とうとつ》に振られ、イヴは一瞬《いっしゅん》、硬直《こうちょく》してしまう。

「……はい。末席ながらイグナイトの名を背負う身。家名に相応《ふさわ》しき結果を出そうと、必死で。しかし、所詮《しょせん》は模擬戦。こんなものに勝ったところで名誉《めいよ》など……」

「凄《すご》いじゃない」

イヴが謙遜《けんそん》するよりも先に、自分のことのように嬉《うれ》しげにリディアが言った。

「イヴ、まだ十四歳よね？　しかも今年入団したばかりの新人。なのに、エリート揃《ぞろ》いの宮廷魔導士《まどうし》団内でそれだけ勝てるなんて、なかなかできることじゃないわ」

「……あ……そ、その……私は……」

「私だって、入団は十五歳からだったのよ？　イヴって本当に凄いわ。将来は、私を超《こ》える魔導士になるかもね」

イグナイト家内では、誰かに賞讃《しょうさん》されることなど滅多《めった》にないイヴだ。

姉なら褒《ほ》めてくれるかもと期待していたけど、こう実際に褒められると顔が熱くなり、胸がいっぱいになってくる。

「シェラ様……貴女《あなた》の母上様もご存命ならば……きっと、今の立派になったイヴの姿を見たら、さぞ喜んでくれたでしょうね……」

「！」

そして、そんな何気ないリディアの言葉が、今までイヴが堪《こら》えていた感情の堰《せき》を切る。

リディアと過ごした一時で気も緩んでいたため、もう止まりそうになかった。

ふと、歩くイヴの足が止まる。

リディアが、そんなイヴを振り返る。

「……どうしたの？　イヴ……泣いてるの？」

「いえ、その……」

「あ、ごめん……私、何か気に障《さわ》ること言っちゃった？」

「ち、違《ちが》う、違うんです……」

どうにも目の潤《うる》みが止まらないイヴが、手で目を隠《かく》してそっぽを向く。

抑《おさ》えようとすればするほど、自然と感情が高ぶり、目頭が熱くなってくる。

「ごめんなさい……ちょっと感情が乱れてしまって……制御《せいぎょ》しようとしてるんですけど……こんな体たらくだから、父上から三流だなんて言われるのに……」

「……イヴ……」

すると、リディアは神妙《しんみょう》な表情でイヴをしばし見つめ……

「よしよし」

やがて、穏《おだ》やかに微笑《ほほえ》みながら、イヴの頭を優しくなでるのであった。

「イヴは頑張《がんば》ってる……私はよく知ってるから……ね？」

「……姉さん……」

こうして。

イヴはリディアに手を引かれ、人目を避《さ》けるように歩き始めるのであった。

イヴが連れて来られたのは、『業魔の塔《とう》』敷地《しきち》外にある丘陵《きゅうりょう》だ。魔導士《まどうし》の訓練場としても使われるここには、緩やかに隆起《りゅうき》する草原が広がっている。夕日に燃え上がる空と地平線。黄金《こがね》色に輝《かがや》く雲。

吹《ふ》き流れる心地好《よ》い風が、草原を海原《うなばら》のように波打たせる。

そんな小高い丘《おか》の斜面《しゃめん》の一角に、イヴとリディアが並んで腰掛《こしか》けていた。

「本当に堅苦《かたくる》しい家よね。息をするのもしんどい。……私もわかるよ」

風が嬲《なぶ》る髪《かみ》を手で押さえながら、遠くを見つめるリディア。

「でも、大丈夫《だいじょうぶ》よ。貴女には私がいるわ。私だけは貴女の味方よ、イヴ」

「姉さん……」

イヴは、そんな姉の横顔を盗《ぬす》み見る。

そうすると、イヴはいつも不思議な気分になる。

血縁《けつえん》上の繋《つな》がりはまったくないはずなのに……リディアはどこか、イヴの実の母親……シェラに似ている気がするのだ。

だから、他人の気がしない。

イヴもリディアにだけは、素直に気を許すことが出来た。

リディアも、イグナイト家の人間にしては珍《めずら》しい明朗快活な気質のためか、五年前、突《とつ》然家《ぜん》にやってきたイヴを、実の妹のように大事にしてくれた。

「どうしたの？　イヴ。私の顔に何かついてる？」

平民の血を引きながら、イグナイトという魔窟《まくつ》に身を置くイヴ。

常に厳しく冷たい逆風に晒《さら》されていたイヴが、今の今まで折れずに何とかやってこられたのは、ひとえにこのリディアのお陰《かげ》であった。

「いえ、その……姉さんのお陰で私は……今日、こうやって私を連れ回してくれたのも、……きっと私のことを気遣《きづか》ってくれてのことで……だから、あの……ありが、と……」

とはいえ、イヴはやはり生来、素直ではない性格だ。

感謝の言葉の後半は、ごにょごにょと濁《にご》したものになる。

だが、姉はそれだけで全てを察してくれたようで、にっこりと笑うのであった。

リディアはいつもこうなのだ。

イヴに限った話ではない。リディアと居ると誰《だれ》もが心から安堵《あんど》し、安らげる。

諸処の理由で帝国《ていこく》軍内では嫌《きら》われ者で通っているイグナイトの一族だが、リディアだけは……という者は少なくない。

だから、イヴはいつも不思議に思うのだ。

「……あの……姉さん……」

「どうしたの？　イヴ」

「その……つかぬ事をお聞きしますが……姉さんはなぜ、私のような者に、こう……よくしてくれるのですか？」

「可愛《かわい》い妹だからに決まってるじゃない」

何を当然のことを？　と、きょとんとするリディア。

やや遠回しすぎて意図が伝わらなかったらしい。

それを察したイヴは、もう少しストレートな言葉で切り込んでみた。

「いえ……私はご存じの通り〝混じり者〟でして……イグナイトの一族は、皆《みな》、私のことを……」

「…………」

イヴの言葉に、リディアがほんの少しだけ表情を引き締《し》める。

「でも、姉さんは違います……私と違う純血のイグナイトなのに……なんか、こう……イグナイトらしくないというか……」

そうなのだ。

リディア＝イグナイト。

彼女は、名誉欲《めいよよく》と権勢に凝《こ》り固まった、古典的貴族主義のイグナイト家に在りながら、正しき心と優しさを尊ぶ異端者《いたん》であった。

そして、リディアはイヴなど足下にも及《およ》ばないほど、魔術師《まじゅつし》としても軍人としても完成された人物であり、常に完璧《かんぺき》なる結果を出し続ける。

さしものアゼルも、リディアに対してだけは一目置き、その奔放《ほんぽう》な振る舞《ま》いを黙認《もくにん》しているきらいがある。

どうしてそんな人物が、このイグナイト家に？　イヴのそんな疑問に。

「……ふふ、イグナイトらしくない……か。そう思う？」

なぜか。

リディアはほんの少しだけ、悲しげに表情を歪《ゆが》ませて微笑んだ。

「あっ！　その……ご、ごめんなさい！　私ったらなんて失礼なことを——」

イヴは自分のあまりにも不躾《ぶしつけ》な言葉に気付き、慌《あわ》てて恐縮《きょうしゅく》する。

基本、独りぼっちで友人のいないイヴだ。

こういう他人の心情に対する機微《きび》に疎《うと》いことが心底嫌になる。

だが……

「ううん、違うの。そうじゃないわ」

リディアは優しく頭を振って、続けた。

「ねぇ、イヴ。知っている？　イグナイトの名が示す、その真の意味を」

「イグナイトの名が持つ意味……ですか？」

唐突なリディアの話題転換《てんかん》に、混乱する。

そして、質問の内容も意味不明だ。イヴは家名が持つ意味など考えたこともないし、この五年間、誰かに教えられたことすらない。

「私には、尊敬する祖父が居たの」

リディアにとっての祖父ということは、アゼルにとっての実父ということになる。

「お祖父《じい》様ですか？　私は会ったことはありませんが」

「イヴがこの家にやってくる前に、病気で亡くなってしまわれたからね……まぁ、とにかく、そのお祖父様が私に教えてくれたの」

すると、リディアが黄昏《たそがれ》に燃える空を見上げながら、言った。

「イグナイトは、帝国の魔導武門の棟梁《とうりよう》。即《すなわ》ち、帝国に属する全ての魔導士達の規範《きはん》となるべき存在であり――そして、力を持つ者の義務を背負う者。持たざる弱き民を守る真の魔導士であり、正義を尊ぶ真なる貴族である。

その尊き魔導の灯火《ともしび》で暗き闇《やみ》を払《はら》い、世の人々の行く先を明るく照らし導く者……それが《紅焰公《ロード・スカーレット》》イグナイトなのよ。その名が示す誇《ほこ》り高き意味なの」

「……は？　イグナイトにそんな意味が……？」

それを聞いた瞬間《しゅんかん》、イヴは啞然《あぜん》とする。

なにせ、リディアが語るイグナイトの在り方と、イヴの知るイグナイトの在り方が、まったく掠《かす》りもしていなかったからだ。

「こらこら、イヴ。そんな顔しないの。……気持ちはわかるけど」

「あっ。す、すみません……」

すると、リディアは少しだけ寂《さび》しそうに微笑んで続けた。

「お察しの通り、今はもう……誰もが忘れてしまった家訓よ。最近のイグナイトは、その本分を忘れ、ひたすら特権の拡張と醜《みにく》い権力闘争《とうそう》ばかり……」

「……父上、ですか？」

「ええ、他の一族の連中も似たようなものだけど、父上は特に酷《ひど》いわね」

リディアが遠くを見つめる。

「私のお祖父様は、そんなイグナイトの中にありながら、その名の意味を正しく実践《じっせん》しようとしていた異端者らしくてね……生前は、父上とよく揉《も》めていたわ。お祖父様はイグナイトの堕落《だらく》を誰よりも嘆《なげ》いていらっしゃった」

「……………」

「お祖父様が急死して、父上が本格的にイグナイト家を牛耳《ぎゅうじ》るようになって……この家はすっかり変わってしまったわ。

確かに、父上の強引な政治工作で、当家の権勢はお祖父様の代とは比較《ひかく》にならないほど高まった。それでも、私は……お祖父様の語るイグナイトの方が好きだわ」

「姉さん……」

遠くを見つめ続けるリディアは、もう二度と戻《もど》らない何かを懐《なつ》かしむような目をしていた。

そんなリディアへ、どう声をかけたら良いかわからず、イヴが押《お》し黙《だま》っていると。

ざっ！

「……こんなところにいたんだね、イヴ」

いつの間にか、イヴとリディアの周囲に複数の気配がやって来ていた。

見れば、同僚《どうりょう》の魔導士五人が、明らかに剣呑《けんのん》な空気で二人を取り囲んでいる。

昼間、模擬《もぎ》戦で対戦し、イヴに敗北した連中だ。

「……妹に何か用ですか？」

リディアがイヴを庇《かば》うように立ち上がり、周囲をちらり、ちらりと見回す。

「いや、何……これから、イヴに〝模擬魔術《まじゅつ》戦〟を申し込もうと思ってたんですよ」

リーダー格の男が、下卑《げび》た笑みを浮《う》かべながらそんなことを言い始める。

「……模擬戦……？」

「要はアレです。あんたらイグナイト、最近調子に乗りすぎってことです」

「軍内でも、我が物顔で好き勝手しやがって……公爵《こうしゃく》家様がそんなに偉《えら》いのかよ？」

「あんな横暴が、いつまでも許されると思ってるんじゃねえぞ……？」

そんな風に口々に言う男達に。

「ちょっと待ってください！　要するにこれは私闘《しとう》じゃないですか⁉」

イヴが苛立《いらだ》ちも露《あら》わに反発する。

「ああ？　私闘じゃないよ？　ちゃんと軍上層部に、正式に許可を取った〝模擬戦〟さ。ほら、ちゃんと書類あるだろ？」

リーダー格の男がしたり顔で、ばさりと書類を取り出す。

「そんな……私はそんな書類にサインなんてした覚えはない！　完全にねつ造じゃないですか⁉」

「うるさいわねっ！　とにかく、来なさいよ！　貴女《あなた》に拒否《きょひ》権はないの！」

「そうだ、そうだ！　大人しく来やがれ！」

口々に囃《はや》し立てる五人の魔導士を前に、イヴが悔《く》やしげに唇《くちびる》をかむ。

これから先の展開は容易に想像が付く。

どうせ、模擬戦とは名ばかりの、五対一の一方的な私刑《リンチ》だ。

わざわざイヴだけを狙《ねら》うのも、混じり者のイヴならば、イグナイト公爵家からの報復やお咎《とが》めもないだろうという嫌《いや》らしい保身ゆえだろう。

そして、この五人は……若手の中でもかなりの腕利《うでき》き揃《ぞろ》いだ。

イヴならば一対一なら負けはしないが……五人同時に相手をするのは不可能だ。

逃《に》げられない。

退いても、逃げるなどイグナイトの恥《はじ》さらしめと父から罵《ののし》られ、押しても、負けるなどイグナイトの恥さらしめと父から罵られる。八方塞《はっぽうふさ》がり袋小路《ふくろこうじ》。

イヴが観念して、五人に従って歩き出そうとすると。

「待ちなさい。その模擬戦は許可しない。上官命令よ」

そんなイヴを、リディアが手で制する。

「黙って私の妹の前から去りなさい、全員。今すぐに」

「り、リディア姉……」

普段《ふだん》の温和な雰囲気《ふんいき》から一変、たちまち勇壮《ゆうそう》なる戦女神《いくさめがみ》の顔になるリディア。

イヴはこんな状況《じょうきょう》だというのに、そんな姉の姿にほれぼれと息を呑《の》む。

「な、なんだよ、リディア百騎長《きちょう》……あんたの出る幕じゃねえぞ……」

「そうですよッ！　これはちゃんと上から許可をもらった正式な模擬戦で——」

「クソくらえだわ」

リディアは五人の魔導《まどう》士《し》達の屁理屈《へりくつ》を一笑に付す。

「私の妹に手を出す輩《やから》は許さない。もし、やるというなら、代わりに私が相手になるわ」

そんなリディアの剣幕《けんまく》に、五人の魔導士達が息を呑む。

「は？　で、できませんよ……貴女との模擬戦は許可を取ってない……」

「そうだ。今、あんたとやり合ったらこれは私闘になる……軍紀違反《いはん》だ。流石《さすが》のあんただって色々と無傷ではいられない……それでもいいのかよ⁉」

「私は別に、まったく構わないけど？」

リディアは髪《かみ》をかき上げながら、さらりと言った。

「なんだったら、制約《ギアス》してもいいわ。〝今から始まるのは、私から仕掛《しか》けた私闘として、上に報告する〟と」

すると、呆気《あっけ》に取られる一同の前で、リディアは有無を言わさず呪文《じゅもん》を唱え、制約《ギアス》の呪《のろ》いを自身へとかける。

術式は間違《まちが》いなく正当なもので、つまり契約《けいやく》の履行《りこう》までこの呪いが解けることはない。

契約の不履行《ふりこう》は、耐《た》えがたい呪的苦痛をリディアに与《あた》えるだろう。

「ま、マジか……？」

「ちょ、ちょっと、姉さん……ッ!?」

イヴが慌てて、リディアに縋《すが》る。

「わかっているの!? そんなことしたら姉さんの立場が——」

だが、リディアはふっと笑って言った。

「可愛《かわい》い妹の危機に、私の立場や家の名誉《めいよ》がなんだっていうの？」

「ね、姉さ……？」

「貴女は私が守る。……絶対に。何があっても」

そんなリディアの強い意志を秘めた言葉に、イヴは言葉を失う。

「私はいつだって、私が正しいと信じられる道を行くわ。私は……イグナイトだから」

そして、リディアは威風堂々《いふうどうどう》と五人の魔導士へと向き合った。

「くっ……舐《な》めてくれますね……ッ！」

リディアの揺《ゆ》るぎなき姿に気圧《けお》された魔導士達は、その畏《おそ》れを誤魔化《ごまか》そうとばかりにいきり立つ。

「いくらリディア百騎長とはいえ、五人相手に勝てると思っているのですか!?」

「たたんでやるぜッ！」

そして、魔導士達が一斉《いっせい》に呪文を唱え始めて。

対するリディアが、ふわりとローブの裾《すそ》を翻《ひるがえ》して身構えて。

場に魔力《まりょく》が高まって——

そして——


「ねぇ、イヴ。……貴女に話しておきたいことがあるの」

リディアは全身に美しく舞《ま》い散る火の粉を優雅《ゆうが》に払いながら、神妙《しんみょう》にそう切り出した。

彼女の周囲には、五人の魔導士が倒《たお》れている。

誰《だれ》もが最小限の火傷《やけど》と衝撃《しょうげき》で、綺麗《きれい》に意識を刈《か》り取られている。

先刻、イヴの眼前で展開されたのは、美しき炎《ほのお》の舞い手による風雅《ふうが》な演舞《えんぶ》。

一蹴《いっしゅう》という言葉も生ぬるい、あまりにも一方的な蹂躙《じゅうりん》劇であった。

「な、なんでしょう……？」

自分と姉の間にある、あまりにも懸絶《けんぜつ》した実力差を目の当《ま》たりにしたイヴは、ぽかんと夢心地でリディアに応じる。

そんなイヴへ、リディアは目の覚めるようなことを言った。

「イグナイト家はね……きっと、そう遠くない未来に滅《ほろ》ぶわ」

「!?」

頭を殴《なぐ》られたかのようなその衝撃に、イヴが思わずリディアへ詰《つ》め寄る。

「そんな……姉さん、どうして!?」

そんなイヴへ、リディアは切なげな視線を返す。

「父上はね……敵を作りすぎたの。わかるでしょう？　こんな馬鹿《ばか》げた行為《こうい》が起こるくらい、方々に不満と憎《にく》しみが溜《た》まっている」

リディアは周囲に倒れ伏《ふ》す五人の魔導士達を、改めて見やる。

「確かに、その派手な活躍《かつやく》でイグナイトを英雄《えいゆう》視する人達も多く居る。でも、その裏で強引なやり方を押し通す私達に、恨《うら》みを持つ者も少なくない。

もちろん、イグナイトに味方する人達もたくさんいるけど……それはイグナイトという名前についているだけ。適当に持ち上げて、従っておけば、美味《おい》しい汁《しる》が吸えるから、今はついているだけ。それだけ……」

「…………」

「イヴ、父上に気をつけて。父上は危険な人よ。何か底知れない野心のため、あまりにも多くの物を蔑《ないがし》ろにし、切り捨て続けてきた……アリエスすらも」

「……アリエス？」

不意に聞いたことがある名前が出てくる。

確か、イヴがイグナイト家に連れて来られる以前、流行病《はやりやまい》で病死したというリディアの実妹の名前だ。

「彼女が……どうかしたんですか？」

だが、そんなイヴの疑問に、リディアは答えない。

「きっと、父上は……私達イグナイトは、父上が軽んじて、切り捨てた物によって滅ぼされるんだわ……そんな予感があるの」

そう重く語るリディアの瞳《ひとみ》と言葉には、確信じみたものが秘められている。

イヴが何も返せず、ただ呆然《ぼうぜん》としていると。

「でも、私がそんなことをさせないわ、イヴ」

リディアは、どこか決意を秘めたように言った。

「姉さん……？」

「イヴ、私はイグナイトを信じている。イグナイトの名が示す真の意味を信じている。今は誰もが忘れてしまった、イグナイトの正義と理想を、いつか復活させてみせる」

そして、目を瞬《しばた》かせるイヴを、リディアは真っ直《す》ぐに見つめた。

「イヴ……私に力を貸してくれないかしら」

「私が姉さんの力に……？」

リディアの思わぬ言葉に、イヴが目を瞬かせる。

「そ、そんなこと……だって、私如《ごと》きが姉さんの力になんてなれるわけが……」

己を卑下《ひげ》するイヴへ、リディアが優しく問う。

「貴女……先の任務で、武功を得る機会を一つ見送ったわよね。どうして？」

「それは……あの場に逃げ遅《おく》れた母子がいて……どうしても、放っておけなくて……」

あるいは、そんな母子の姿に、かつて事件に巻き込まれた自分と母が被《かぶ》ってしまって。

「でも、そのせいで得られたはずの武功は逃《のが》し、イグナイトの責務は果たせず……」

たちまち父親に叱責《しっせき》されたことが蘇《よみがえ》り、イヴの表情が暗く沈《しず》む。

だが、そんな風に自責するイヴの頭を、リディアは優しく撫《な》でた。

「それでいいのよ、イヴ」

「！」

「貴女は自分の命もかかっている戦場で、人への優しさを当たり前のように発揮できる、とても優しい子……貴女はイグナイトの希望よ」

「ね、姉さん……」

「そんな貴女《あなた》と一緒《いっしょ》なら……私はいつかイグナイトを変えられると信じてる。私に力を貸してくれないかしら？　イヴ。その……妹の危機についこんなことしちゃう、考えなしの頼《たよ》りない姉だけど……」

リディアが苦笑いしながら、はにかむ。

イヴには、自分がリディアが言うような大層な存在なのかどうかわからない。

だが、他でもないリディアがそう言うなら、イヴの答えなど決まっている。

イヴにとって、リディアは目指すべき理想の魔導士なのだから。

「わかりました！　私も姉さんのような、立派な魔導士になります！　そして、いつか必ず姉さんの力になります！　お力にならせてください！」

「……ありがとう、イヴ。お祖父《じい》様もきっと喜んでいるわ」

そう言って、リディアはイヴの頭を撫でるのであった。

「さぁて、これから父上になんて申し開きするか考えなくっちゃ」

「あ、あはは……姉さんったら……」

そんなことを言い合って。

二人は仲良く帰路につくのであった。

――――。

「イヴよ。この件、貴様に任せてみようかと思う」

そんなアゼルの言葉を聞いたとき、耳を疑ったのはイヴ自身であった。

軍務に追われ、忙《いそが》しい日々を送っていたとある日。

イヴはアゼルの召喚《しょうかん》を受け、帝国宮廷《ていこくきゅうてい》魔導士団司令室に足を運んでいた。

一体、何を言われるのか、どんな説教を受けるのか。

戦々恐々《せんせんきょうきょう》としながら向かった先で、受けた通達はまさに青天《せいてん》の霹靂《へきれき》であった。

「え？　私に……ですか？　父上」

「何度も言わせるな」

ふん、とアゼルが鼻を鳴らす。

「帝国軍を裏切って出奔《しゅっぽん》し、とある反政府組織に合流しようと目論《もくろ》む、元・軍の魔導士七名の拿捕《だほ》もしくは討伐《とうばつ》任務……貴様がやってみろと言っているのだ」

「…………」

「貴様の判断で部隊を編制し、見事成し遂《と》げてみせろ。……出来るな？」

今までは、誰かの指揮下で任務に従事するばかりであったイヴ。

だが、今回はイヴが指揮官として部隊を率い、任務に従事しろということだ。

しかも、通常こういう任務は直属の上官を通して通達されるものだが、なんと、帝国軍最高司令官アゼル＝ル＝イグナイト卿《きょう》、直々の通達である。

こんな事態、イヴには初めてのことであった。

（ひょっとして、私も少しは父上に認められている……？）

そう感じたイヴは、もう一も二もなく。

「は、はいっ！　この大役、必ず成し遂げてみせます！」

イヴは即答《そくとう》と敬礼でもって、アゼルに応えるのであった。

「うむ、……期待しているぞ」

「……ッ！　はいっ！」

期待。そんな言葉を、父の口から初めて聞いたイヴは驚《おどろ》きを隠《かく》せない。

これで結果を出せば、父も少しは母シェラのことを認めてくれるかもしれない。

頑張《がんば》ろう。

イヴが全身に燃えるような使命感を覚えていた、その時だ。

「……お待ちください。父上」

それに水を差す者がいた。リディアだ。

命令通達の場に相席し、部屋の隅《すみ》に佇《たたず》んでいたリディアが不意に声を上げたのだ。

「この任務は、まだイヴには早いかと」

「……姉さん？」

戸惑《とまど》うイヴを庇《かば》うように、リディアが前に立ち、アゼルに進言する。

「今回、帝国軍を足抜《あしぬ》けした魔導士《まどうし》七名ですが……魔導士としてのランクは、全員B級からC級。いわゆる実戦経験豊富な一線級魔導士です」

「それがどうかしたか？」

「イヴは実力的にはA級とはいえ、まだ新人です。実戦経験の不足は否《いな》めません。ここはもっとベテランの魔導士達に任せるべき案件かと」

「………」

「なんだったら一般《いっぱん》魔導士ではなく、我々特務分室が動くべき案件です。室長である私自ら、裏切り者達の討伐を――」

「ならん」

リディアの進言を、アゼルはぴしゃりと否定した。

「貴様には現在、進行中の案件があろう？　そちらが最優先だ」

「で、ですが……ッ！　まだ新人のイヴに、仲間狩《が》りなんて重い任務――」

「イグナイトならばその程度、こなせて当然だが？　そもそも、裏切り者を始末することに一体、なんの抵抗《ていこう》がある？　理解できぬな」

「し、しかし……」

なおも食い下がるリディアに、アゼルが冷ややかに告げた。

「我が娘《むすめ》、リディアよ。貴様は確かに優秀《ゆうしゅう》だ。その若さでS級に上り詰《つ》め、数々の困難な任務を完璧《かんぺき》に、しかも私の期待以上にこなし続けている。

その非の打ち所のない優秀さゆえ、貴様のやや奔放《ほんぽう》な性格も、私は大目に見てやっている……先日の貴様のやんちゃも最小限の始末書で止《と》めてやった……わかるな？」

「……ッ⁉」

「だが、上官の、イグナイト当主の命令と決定に、あまりにも異を唱え続けるならば……私の期待を裏切るならば、いくら貴様といえども容赦《ようしゃ》はせぬぞ？」

「……ぐ……そ、それは……」

珍《めずら》しくリディアに怒気《どき》を向けたアゼルに、リディアが言葉を失う。

「……ッ！」

姉の立場が危うくなりかねない状況《じょうきょう》に、イヴは居ても立ってもいられない。

混じり者の自分はいくら父に嫌《きら》われてもいいが、姉の立場が危うくなってはならない。

姉はいずれイグナイトを変革する者なのだ。イグナイトの希望なのだ。

しかもそれが、自分ごときを庇ってのことならば、なおさらだ。

「だ、大丈夫《だいじょうぶ》です、姉さん！　私に任せてください！」

だから、イヴは反射的にそう宣言していた。

「軍の裏切り者達は、私が必ず討伐してみせます！」

「……イヴ……大丈夫？　無理してない？」

正直に言えば、無理はしている。

本当は、こんな重た過ぎる任務……嫌《いや》だ。

それでも。

「……大丈夫です。必ずや朗報を」

全てを押し殺して。

イヴは父の期待に応えるため、初の部隊指揮官としての出撃《しゅつげき》を決意するのであった。


……こうして。

イヴは初の部隊長として魔導士の小隊を編制し、出撃した。

ベテランの魔導士顔負けの卓越《たくえつ》した手腕《しゅわん》で、足抜けした魔導士達の行方《ゆくえ》を追跡《ついせき》し、その隠れ家を突《つ》き止める。

さらに油断なく綿密な情報収集を重ね、一分の隙《すき》もなく討伐作戦を立案していく。

そして――

件《くだん》の裏切り者達が潜《ひそ》む、辺境の国境沿いにある砦《とりで》。

その目と鼻の先に構築された、最後の野営地にて。

「――以上の戦力分析《ぶんせき》より、まずはγ《ガンマ》チームが敵陣《てきじん》内に仕掛《しか》けた防衛結界と魔術罠《まじゅつわな》の解除を行います。解除し次第、α《アルファ》チームはこの裏手側より火力制圧陽動。その十五秒後、β《ベータ》チームが表側から突入《とつにゅう》します。

すでに判明している敵の配置、戦力から……この戦術地図のこの場所で、近距離《きんきより》魔術戦となるでしょう。

制圧攻勢《こうせい》と見せた能動防御《ぼうぎょ》を展開してください。ここまでが陽動です。

十分な戦力をここに釘付《くぎづ》けにしてから、本命……私が率いるΔ《デルタ》チームが、電撃《でんげき》的に地下の秘密道から突入をかけて背後を突き、完全制圧します。

全員、時計魔術による意識内時計を、合わせてください」

イヴは作戦会議場となった天幕内で、眼前に居並ぶ魔導士達に、出撃前最終ブリーフィングを行っていた。

イヴの前の魔導士達は、軍の若手を中心に選抜《せんばつ》や志願で抽出《ちゅうしゅつ》して編制されたチームだ。

全員、実戦経験豊富で凄腕揃《すごうでぞろ》いである。

だが、そんな歴戦の猛者《もさ》達をして……

「……凄《すご》い。こんな作戦があるのか……」

「これは……俺達は無傷で終わるな。連中が憐《あわ》れでならない」

「これがイグナイトか……」

自分達を率いるのが年下の新人小娘《こむすめ》であるという事実を忘れて、感嘆《かんたん》していた。

「作戦は以上です。何か質問はありますか？　あれば挙手を」

その瞬間《しゅんかん》、しん、と誰《だれ》もが押《お》し黙《だま》る。

作戦自体に、非の打ち所は何一つなかった。

だから——出てくるのはこんな質問であった。

「……発言を許可します。シャックス正騎士《きし》」

「俺達は、これから仲間狩りなんていうクソ胸糞悪《むなくそわる》い任務をスタートするわけだが……それをおっ始める前に一つ、子猫殿《キティどの》に確認したいことがある」

「なんですか？」

「……生死問わずか《デッド・オア・アライブ》？」

それは――指揮官としてのイヴの覚悟《かくご》を問う、底意地の悪い質問だった。

イヴは僅《わず》かな沈黙《ちんもく》と黙想《もくそう》の後、きっぱりと答えた。

「生死問わず《デッド・オア・アライブ》です」

この瞬間、仲間殺しの罪は全てイヴが背負うことになった。

イヴの殺意が、かつての仲間達を殺すのだ。

「彼らは軍の機密に関する情報を持っています。件《くだん》の反政府組織との接触《せつしょく》合流は、絶対に避《さ》けなければなりません。ここで全員、始末するんです。命令《オーダー》です」

「ああ、わかった。了解《りようかい》だ、隊長《サー》。お互《たが》い上手《うま》くやろう」

こうして、ブリーフィングが終了《しゅうりょう》する。

全員が席を立ち、四半刻後の出撃に向けて、慌《あわ》ただしく動き始める。

そして、重苦しい息を吐《つ》くイヴの前に、一人の男がやって来ていた。

「よう、イヴ。流石《さすが》だな」

その男は――リーザフ正騎士であった。

「見事な作戦、見事な戦術眼だ。はっきり言って完璧だ。さすがは魔導武門の棟梁《とうりょう》イグナイトといったところだな」

「…………」

「それに人心掌握《しょうあく》も見事なもんだ。最初は、お前を年下の子猫《キティ》と侮《あなど》っていた隊員達も、今はそう言ってお前を侮《あなど》る者はいない。まさにお前は、人の上に立つために生まれてきたエリートなんだろうな」

「リーザフ正騎士」

以前、食ってかかってきた時とは裏腹に、なぜかひたすら持ち上げてくるリーザフ。

そんなリーザフに、イヴは居心地の悪さを感じ、話をそらす。

「それにしても……貴方《あなた》が今回の任務に志願してくるとは驚きました。ただでさえ、陰鬱《いんうつ》な任務内容である上……貴方は、私を嫌っていると思っていましたから」

「……ふん、何か不服か？」

「いえ、実力的には問題ありません。むしろ、貴方がいてくれて非常に助かりました。どうかよろしくお願いします」

「ああ、こちらこそよろしく頼《たの》むぜ、隊長。こんな任務……早く終わらせよう」

そんなことを言い合って。

イヴもリーザフも、出撃に向けて動き始める。

そして、つつがなく準備は完了《かんりょう》。

イヴ率いる小隊は、砦を目指して一斉《いっせい》に出撃。作戦通りに展開。

かつての帝国《ていこく》軍同僚《どうりょう》だった者達を掃討《そうとう》する作戦が、ついに実行されるのであった——

——。

——イヴが立案した作戦は完璧なはずだった。

綿密な事前情報収集、綿密な戦術立案。

無論、戦いとは想定外のことが常に起こるものであるが、それすらも想定して、二重、三重に対応策を敷《し》いた隙のない作戦であった。

ことが作戦通り動けば、味方の被《ひ》害《がい》を最小限に抑《おさ》えられることはおろか、敵全員の生《い》け捕《ど》り捕縛《ほばく》すらも見込める見事な作戦であった。

たとえ、それでも想定しきれなかった想定外が起きても、その場で柔軟《じゅうなん》に対応してみせる……そんな自信もイヴにはあった。

——そのはずだった。

だから、イヴは信じられなかった。

今、この状況が。

自分が対処しきれない想定外に見舞《みま》われ、翻弄《ほんろう》されていることが――

「何よ……何なの、これ……？　一体、何が起きているの……？」

砦の中、敵陣の中で、ただ一人イヴは呆然《ぼうぜん》としていた。

思わぬ敵の罠《わな》と襲撃《しゅうげき》で、味方と分断されてしまったのだ。

早く次の一手を指さなければならないのに、頭が真っ白で何もできない。

頭が何も思考を紡《つむ》がない――

『ぐわぁああああああああああ――ッ!?』

『畜生《ちくしょう》！　アインが！　アインが殺られた!?』

『なんで、こんな所にこんな魔術罠が――ッ!?　聞いてねえぞ!?』

『聞いていた配置と、何もかもがまるで違《ちが》ってやがる……ッ!?』

通信魔術で矢継《やつ》ぎ早《ばや》にイヴの耳に入ってくるのは、部下達の大恐慌《だいきょうこう》と断末魔《だんまつま》の声だ。

それが破壊《はかい》的な魔術の炸裂《さくれつ》音と不協和音を奏でて、イヴの魂を打擲《たましいちょうちゃく》する。

『敵の斉射《せいしゃ》だ、伏《ふ》せろぉおおおお――ッ!?』

『ぎゃああああ――ッ!?』

『ああああ、腕《うで》が、俺の腕がぁああああ――ッ?!』

『クソったれ、回り込まれた!?　クソったれ！』

『嫌だ、死にたくな——ぁあああああああ——ッ！』

『敵にこちらの動きを完璧に読まれている！　どういうことなんだ⁉』

『イヴ十騎長《きちょう》！　指示を！　指示を——ッ⁉』

『すみま……せん……γ《ガンマ》チームは……全……滅……うぅっ……』

『リズ！　しっかりしろ、リズぅ⁉　ぁあああああ、畜生ぉおおおお！』

『隊長！　指示を出せ！　このままじゃ全滅《ぜんめつ》——』

そんな魂《たまぎ》切る通信に。

通信の向こう側で、刻一刻と無残に散っていく各チームの部下達の叫《さけ》びに。

「あ、……ぁ……ぁああ、あああああ……ッ⁉」

イヴの全身が、がくがくと震《ふる》え始める。

いつもの冷静さは完全に崩《くず》れてしまった。こうなっては、いくら優秀《ゆうしゅう》なエリートといえど、十四歳の小娘に過ぎぬイヴがまともな指揮などできるはずもなく。

「どうして……？　どうしてこんなことに……どうして……ッ⁉」

後は少しでも部下達を助けようと。

イヴは最前線へ、破れかぶれの突撃《とつげき》を敢行《かんこう》するのであった——

…………。

どんっ！

イヴは背中を突《つ》き飛ばされ、床《ゆか》に倒《たお》れ込んだ。

魔術を【スペル・シール】で封印《ふういん》され、手足を縛《しば》られたイヴは無様に転がるしかない。

そもそも、先ほどまでの激しい戦いで、イヴの全身はボロボロ。

辛《かろ》うじて致命傷《ちめいしょう》は負っていないが、身体《からだ》のあちこちから激しく出血しており、もう指一本すら動かせそうにない。

イヴの奮戦空しく、討伐《とうばつ》部隊は壊滅《かいめつ》した。

部隊の生き残りは——イヴただ一人であった。

「いやー、楽勝だったな！」

捕《と》らえたイヴをここまで引きずり、突き飛ばした魔導士《まどうし》が楽しげに言う。

ここは、足抜《あしぬ》けした魔導士達が本拠地《ほんきょち》にしていた砦《とりで》の地下室。

そこに七人の魔導士達が集《つど》っており、無様に床を舐《な》めるイヴを取り囲んでいる。

「こんな無能に率いられて、無残に殺された元・同僚達が可哀想《かわいそう》だぜ！」

「本当ね。イグナイトだからってお高くとまっているから、こんなことになるのよ」

「ははははっ！　いい気味だ！」

口々にイヴを罵《ののし》る、七人の足抜け魔導士達。

「……なん……で……？　どうして……？」

イヴが動かない身体を必死に動かし、悔《くや》しげに周囲を見上げる。

「私の作戦は……完璧《かんぺき》だった……なのに、なんで私が負けるの……？」

イヴには、未だこの屈辱《くつじょく》の現実が信じられない。

だが、そんなイヴの前に──その答えが現れた。

「そりゃあ、いくらお前が完璧で最適解の作戦を考えても、それが敵に筒抜《つつぬ》けなら、何の脅威《きょうい》にもならねえさ。解答を見ながら詰《つ》め戦戯盤《チエス》をやってるようなものだからな」

かがみ込んでイヴの顔を見下ろすように覗《のぞ》き込む、その魔導士は──

──リーザフであった。

なんと、リーザフが足抜け魔導士達と肩《かた》を並べていたのである。

「リーザフ……ッ⁉　まさか、貴方が情報の横流しを……ッ⁉」

「やっと気付いたのか？　お前はどこまでも間抜《まぬ》けだな……」

かみ殺すような目のイヴに、リーザフが愉悦《ゆえつ》を満面に浮《う》かべて笑う。

「お察しの通り、全てはお前──というか、イグナイトを嵌《は》めるための罠だったわけだ」

リーザフが足抜けの魔導士達と肩を並べながら種明かしをする。

「私達を……嵌める……？　一体、それはどういう……？」

イヴが心底不思議そうに問うと。

「それはどういう……だと？」

たちまち、イヴを取り囲む魔導士達から憎悪《ぞうお》と憤怒《ふんぬ》が吹《ふ》き荒《あ》れ、イヴを叩《たた》きのめす。

それらは戦場での殺気の応酬《おうしゅう》とは、またベクトルが違う。

あまりにも強過ぎる負の感情を、こうも一方的に向けられる……生まれて初めての体験に、十四歳のイヴは身を震え上がらせるしかない。

そして、そんなイヴを足抜けした魔導士達は口々に罵っていく。

「ああ、わかんねえのか？　すっとぼけてんのか？　それとも本当に知らねえのか？」

「貴女《あなた》達イグナイトのせいで、私達がどんな目に遭《あ》ったのか……ッ！」

「貴様のクソ親父《おやじ》のせいで、うちの親父は自殺に追い込まれたんだぞ……ッ⁉　うちの親父が一体、何をしたってんだよッ⁉」

「こっちはアルギムスの戦いで弟を見殺しにされた……ッ！　お前の親父の采配《さいはい》だ！　お前の親父の手柄独占《てがらどくせん》のために、殺されたんだッッ！」

「私は兄を捨て駒《ごま》にされたわ……ッ！　兄は立派な軍人だった！　なのに――」

「俺の家は、お前らイグナイトに国家反逆罪を捏造《ねつぞう》されて、領地没収《ぼっしゅう》、お家取り潰《つぶ》しだ……クソッ！　俺の家が女王陛下に楯突《たてつ》くわけがないだろう⁉　俺達が何代に亘《わた》って王家に仕えて来たと――ッ⁉」

「政略結婚《けっこん》かなんだか知らないけど、僕は子供の頃《ころ》から将来を約束していた恋人《こいびと》を、お前の家の一族に取られた……ッ！　あの気持ち悪い中年の豚《ぶた》になぁ⁉　恋人は世を儚《はかな》んで首を吊《つ》ったよ……お前ら、イグナイトのせいでな……ッ！」

「俺達は、お前らイグナイトを絶対許さない……ッ！　許さねえからな……ッ！」

その修羅《しゅら》のような剣幕《けんまく》に、イヴは完全に気圧《けお》される。

がたがたと震えながら、それでも精一杯《せいいっぱい》、睨《にら》み返し、反論する。

「う……あ、貴方達が、私達に恨《うら》みを持っているのはわかりました……けどっ！　なぜ、こんなことを⁉　私の部下達に一体、何の罪が――ッ⁉」

「ああ、そうだな……もう、俺達はお前のクソ親父と同じ外道だな……」

「けどそれでも！　貴女達イグナイトへの恨みを晴らしたかったのよ……ッ！」

「ああ、もうどうなってもいい！　お前らへ意趣返《いしゅがえ》しができるならなぁッ！」

「――ッ⁉」

最早《もはや》、全員、自暴自棄《じぼうじき》に陥《おちい》っているのだろう。

だが、裏を返せば――イグナイトに対するこれだけの私怨《しえん》と憤怒をため込んでいたということだ……晴らさねば、もう一歩も進めなくなるくらいに。

よくよく見れば、自分に怨嗟《えんさ》を向ける魔導士達の目は――すでに常軌《じょうき》を逸《いっ》している。

皆《みな》、正気ではない。深すぎる絶望によって、もう〝壊《こわ》れて〟しまっているのだ。

「とまぁ、そういうことだ。理解したか？　イヴ」

リーザフがイヴの眼前で立て膝《ひざ》をつき、イヴの顎《あご》をぐいと持ち上げて覗き込む。

「ここの連中は、その身がどうなってもお前らイグナイトに一矢報いたい……たとえ、破《は》滅《めっ》したとしても。そういう〝終わった〟連中なのさ……かくいう俺も、故郷のグスタ村を……いや、言っても詮無きことだな……もう十年以上前のことだからな……」

――イグナイト家はね、きっと、そう遠くない未来に滅《ほろ》ぶわ。

――父上はね……敵を作りすぎたの。

震えるイヴの脳内に、以前、姉の口から聞かされた言葉が蘇《よみがえ》る。

理解しているようで、まったく理解していなかった。

あの言葉の重さを。姉が真に憂《うれ》いているものの正体を。

――今、イヴは初めてその意味を理解する。

「……う……あ……ああ……ッ⁉　……ッ！」

人の純然たる憎悪と憤怒に射竦《いすく》められ、もうイヴは涙《なみだ》を浮かべて怯《おび》えるしかない。

「しかし、さすがリーザフだな。全て、お前の読み通りだったな」

「だろう？　お前らが同時に足抜けすれば、あの小賢《こざか》しく用心深いイグナイト卿《きょう》のことだ……注意深く不正の証拠《しょうこ》は処分しているだろうが、万が一の発覚を警戒《けいかい》して、身内で処理したい……そう考えるはずだからな。本当は、リディア＝イグナイトが来てくれるのが一番、良かったんだが……まぁ、こんな混じり者でも釣《つ》れただけ、万々歳だ」

「これからどうする？」

「そうだな。まぁ……」

一体、どんな過去を経験すれば、そんな目ができるのか。

リーザフがどこまでも底の見えない虚無《きょむ》の目で、イヴを見下ろして言った。

「とりあえず当初の予定通り、拷問《ごうもん》だ。生かさず殺さず……生まれてきたことを後悔《こうかい》するほどの地獄《じごく》を、こいつに見てもらう」

「――ッ⁉」

さらりと出たリーザフの残酷《ざんこく》な言葉に、イヴが身を固くする。

今、ふと気付けばこの地下室には、拘束台《こうそく》に拘束椅子《いす》、鞭《むち》、鉄の吊り籠《かご》、逆さ吊り用の鎖《くさり》、車輪、爪剝《つめは》ぎ器、ペンチに鋏《はさみ》、炉《ろ》に突っ込《こ》まれて真っ赤に燃える焼きごて……その他言葉にするのも悍《おぞ》ましい拷問道具が山と並んでいる。

あれらが自分に使われることを想像しただけで、総身が震え上がる。

「ああ、そうだ……こいつの心がぶち折れるまで徹底《てってい》的に痛めつけて、豚のように、ぴーぴー泣き喚《わめ》かせる……人の尊厳を根こそぎ奪《うば》ってやるんだ。

そして、こいつの口から、イグナイトがいかに悪逆非道なことをし続けて来たか語らせて、ひたすら無様に謝罪させる……その拷問からの一部始終を映像記録魔術《まじゅつ》で収録し、イグナイト卿へ送りつけてやるんだ……これを帝国《ていこく》中に公開するぞと脅《おど》し付きでな」

「ははは！　いいな、それ！　イグナイト卿の面子《メンツ》丸潰《まるつぶ》れだな！」

「プライドの高いあの男が、顔を真っ赤にしている様子が目に浮かぶぜ！」

「あははっ！　私、法医呪文《じゅもん》は得意なの！　その子が死にそうになったら言ってね⁉」

「おうっ！　任せた！　なら遠慮《えんりょ》はいらねえな！」

「おいおい、勢い余って殺すなよ？　公開拷問は計画の第一段階だ……イグナイト卿を失脚《しっきゃく》させて俺達の手でぶっ殺すまで、そいつは徹底的に利用するんだからな……」

「ああ、そうだったわね……苛烈《かれつ》な拷問で精神崩壊《ほうかい》したその子を内密に救い出し、イグナイト卿にお近づきになるのは……リーザフ、貴方《あなた》の役目だったわね？」

「ああ、わかってるさ、リーザフ……でも……あー、勢い余って殺しちまいそうだ」

積年の恨みと鬱屈《うっくつ》した憤怒を晴らせる。

そんな解放感と昏《くら》い歓喜《かんき》に。

七人の魔導士達が床に転がされるイヴに、歩み寄ってくる。

ゆっくりと。

……ゆっくりと。

それはまるで地獄から舞《ま》い戻《もど》った死者が寄ってくるような、悍ましい光景だった。

「あ、ぁ……ッ⁉　やだ……やだぁ……ッ⁉」

もうイヴは完全にパニックだ。頭は混沌《こんとん》とし、まともな思考を紡《つむ》がない。

拘束された身体は動かず、芋虫《いもむし》のような無様な身じろぎを許すだけだった。

「……た、助けて……誰《だれ》か、助けて……ッ！　誰かぁ……ッ！」

もうエリート軍人の見栄も矜持《きょうじ》も、完全に剝《は》がれ落ちた。

虚勢《きょせい》も虚飾《きょしょく》も何一つない。今のイヴは、ただ歳相応の十四歳の少女。

気が狂《くる》いそうなほどの絶望と混乱に、イヴが為《な》す術《すべ》なく叩きのめされ、呑《の》み込まれようとしていた——まさにその時だった。

「──イヴァッ！」

轟《ごう》ッ！

不意に、地下室の天井《てんじょう》が大爆発《ばくはつ》を起こし──

激しく巻き起こる爆炎《ばくえん》と共に、開いた大穴から何者かが舞い降《お》りてくる。

「私の妹に──」

場にわだかまる圧倒《あっとう》的大灼熱《しゃくねつ》。眩《まばゆ》き赤光に染まる地下室内。

咆吼《ほうこう》する紅蓮《ぐれん》の焔《ほのお》が渦《うず》を巻いてうねり、頭上から魔《ま》導士《どうし》達へと襲《おそ》いかかる。

それはまるで、のたうち回る巨大《きょだい》な炎蛇《えんじゃ》であった。

「──手は出させないッッ！」

無数に伸《の》びる炎《ほのお》の大蛇《だいじゃ》が、容赦《ようしゃ》なく辺りに叩き付けられ、その地獄のような大熱と破壊《はかい》力を発揮。

まるで至近で火山が噴火《ふんか》したかのような大火力が、石床《いしゆか》と石壁《いしかべ》を真っ赤に融解《ゆうかい》させながら、イヴだけを避《よ》けて魔導士達を呑み込もうとする。

魔導士達は慌《あわ》てて飛び下がり、対抗呪文《たいこうじゅもん》を唱えて魔力障壁《まりょくしょうへき》を展開し、その爆熱を辛《かろ》うじて防ぐが――

その隙《すき》に、一人の娘《むすめ》が倒《たお》れるイヴを庇《かば》うように、降り立っていた。

その娘は――

「ね、姉さん……ッ⁉」

「遅くなってごめんね、イヴ。……怖《こわ》かったわね、もう大丈夫よ」

リディア＝イグナイトであった。

「ど、どうして、姉さんがこんなところに……ッ⁉」

「どうしても嫌《いや》な予感がして、今回、足抜《あしぬ》けした魔導士達の経歴を全部洗ったの。巧妙《こうみょう》に記録から抹消《まっしょう》されているけど……全員、なぜかイグナイトに深い恨《うら》みを持っていてもおかしくない人物ばかりだった。特に――」

リディアが、ちらりとリーザフを流し見る。

「驚《おどろ》いたわ。リーザフ正騎士《きし》……貴方がイグナイト家最大の汚点《おてん》……『グスタの悲劇』の唯一《ゆいいつ》の生き残りだったなんて……」

「ふん、件《くだん》の事件を知っているのか？　まぁ、昔の話だ」

すると、リーザフは鼻を鳴らして蔑《さげす》むように応じた。

「だが、件の事件には直接関係ないお前と話しても仕方ない。蒸し返しても、俺の家族や

村人達は帰って来ない。もう二度となと

そして、その話はどうでもいいとばかりに肩《かた》を竦《すく》めるのであった。

「……そうね。とにかく今回の件、偶然《ぐうぜん》にしては出来過ぎていた。だから、こんなこともあるんじゃないかと、独断で追ってきたけど……どうやら正解だったわね」

「いや、お前は判断を間違《まちが》えたぜ？　飛んで火に入る夏の虫ってやつさ」

静かに身構えるリディアを、リーザフは凍《こご》えきった目で射貫《いぬ》いた。

「元々、この計画はお前が標的だったんだ、リディア。なにせ、お前は次期当主……お前以上に、イグナイト卿にダメージを与《あた》えられる者はいない」

「おあいにく様！　貴方達に負ける私だと思う⁉　《紅炎公《ロード・スカーレット》》舐《な》めるな！」

リディアが左腕《ひだりうで》を振《ふ》るう。

すると呪文も唱えていないのに、リディアの周囲に圧倒的な大焦熱《しょうねつ》業火が巻き起こり、リディアに傅《かしず》き従うように動く。

リディアとイヴを守るように展開される無数の紅炎の火柱。

激しい熱波と熱気が嵐《あらし》のように吹《ふ》き荒《あ》れて、地下室内を赤く、赤く染め上げる——

「う……く……ッ⁉」

「これが……ッ⁉　イグナイトの——」

赤い死神の化身を前に、恐《おそ》れ戦《おのの》く魔導士達。

その凄《すさ》まじい熱量を前に、もう魔導士達は一歩たりとも近付けない。

すなわち、眷属秘呪《シークレット》【第七園】。

熱と炎の魔術の大家、イグナイト家秘伝の奥義。

ここはすでに、リディアの領域であったのだ。

「私が何の考えもなく突貫《とっかん》すると思う⁉　すでに領域は展開済みよ！　もう、貴方達が何百人、束になってかかってきても敵《かな》わないわ！」

「ぐぅ……ッ⁉」

「妹をこんな目に遭《あ》わせた貴方達だけど、大人しく投降するというなら、命の保証はしてあげる！　さぁ、大人しく投降なさい！」

イヴを傷つけられた怒《いか》りに燃えるリディアの存在感が、魔導士達を完全に呑み込む。

凡百《ぼんぴゃく》の魔導士など、歯牙《しが》にもかけぬ究極の魔導士。

それこそが《紅炎公《ロード・スカーレット》》なのだ——

——が。

「お前こそ何もわかっちゃいないよ、《紅炎公《ロード・スカーレット》》。元々、お前を標的にしていた……と言っただろう？」

リーザフは余裕《よゆう》を崩《くず》すことなく肩を竦め、指を打ち鳴らす。

すると——その瞬間《しゅんかん》。

「——えっ⁉」

リディアが展開していた全ての炎が、まるで蠟燭《ろうそく》の火を吹き消すように、不意に、ふっとかき消えてしまったのだ。

「な、なんで、私の術が……ッ⁉」

有り得ない事態であった。眷属秘呪《シークレット》【第七園】は一度領域展開したが最後、後からはどんな魔術的干渉《かんしょう》も受け付けない、無敵の術なのだ。

この予想外の事態に、流石《さすが》に動揺《どうよう》を隠《かく》せないリディア。

そして、そんな隙を曲がりなりにも歴戦の魔導士達が見逃《みのが》すはずもなく——

「今だ！《雷帝《らいてい》の閃槍《せんそう》よ》——ッ！」

「《雷帝の閃槍よ》ッ！」

魔導士達は一斉《いっせい》に呪文を放ってくる。

前後左右、ぐるりと周囲を囲む魔導士達が放つ、七発の【ライトニング・ピアス】。

無論、リディアは咄嗟《とっさ》に、炎壁《えんぺき》の呪文を唱えて相殺《そうさい》しようとするが——

「《紅蓮の炎陣《えんじん》》——あぐうううううう——ッ⁉」

なぜか、リディアの炎壁は起動せず、リディアは全身を雷閃《らいせん》で刺《さ》し貫かれる。

元々重ねていた耐性呪文《たいせいじゅもん》と、魔導士礼服の防御《ぼうぎょ》効果で即死《そくし》は免《まぬか》れたが——左腕に二発、右腕《みぎうで》に一発、右足に二発、左足に一発、左肩《ひだりかた》に一発——全身を穴だらけにされ、身体《からだ》を電《でん》撃《げき》で激しく食い荒らされ、がくりと力なく膝《ひざ》をついてしまう。

「ね、姉さん——ッ⁉」

そんな姉の姿に悲鳴を上げるイヴ。

「お前を標的にしていたのに、お前の炎を対策してないわけがないだろう？」

そして、リーザフがリディアを見下ろしながら淡々《たんたん》と言った。

「この場には炎熱《えんねつ》系術式を妨害《ぼうがい》する割込術式《インターセプター》結界を、予《あらかじ》め展開してある。お前の眷属秘呪《シークレット》は脅威《きょうい》だが、それが後出しなら問題ない。先出しのこの結界で防げる。この場における炎熱系魔術の起動許可は、俺の手の中にあるということだ」

「…………ッ！」

リディアが微《かす》かに青ざめて沈黙《ちんもく》し、俯《うつむ》く。

そんならしくない姉の様子に、イヴは悟《さと》った。

(なんてこと……この姉さんの判断ミス……私のせいだ……ッ！)

普段《ふだん》の聡明《そうめい》な姉ならば、この程度の罠《わな》にみすみす引っかかるわけがない。

必ず見破って、何らかの対策を立てていたはずだ。

だが、今のリディアは冷静ではなかった。なぜなら――

（……私が捕《つか》まっていたから。私を一刻も早く救おうと必死で、周りが見えなくなっていた……私の……私のせいで、姉さんが……ッ！）

激しい自責の念に囚《とら》われたイヴは、ぎゅっと目を瞑《つぶ》り……やがて覚悟《かくご》を決めたように、リディアへと告げた。

「姉さん……逃《に》げてください」

「！」

「今ならまだ間に合います……その負傷でも、姉さん一人が全力で逃げに徹《てっ》すれば、この場を脱《だっ》することができるはずです……ッ！」

「…………」

「だから……私を置いて……早く！　姉さん！」

だが。

リディアはにこりとイヴに微笑《ほほえ》み、言った。

「大丈夫よ、イヴ」

そして、ふらふらと立ち上がり……魔導士達に向かって身構える。

イヴを庇うように立つ。

「そんな、どうして……ッ⁉　姉さんッ！　今の貴女《あなた》じゃ──」

イヴは絶望で眼前が真っ暗になる思いで姉に吠《ほ》えかかるが、姉のその背中が揺《ゆ》らぐことはついぞなかった。

「その負傷で立ち上がるとはな。流石、イグナイトか」

リーザフが忌々《いまいま》しげにリディアを睨《にら》み付ける。

「だが、いくらなんでも、そんな状態のお前に負けるほど、俺達は温《ぬる》くないぜ？　しかもお得意の炎熱系魔術《まじゅつ》が封《ふう》じられた上での八対一……お前の勝ち目はゼロだ」

「……わかってるわ。それでも……私は退かない」

負けじとリディアがリーザフを睨み返す。

「私は……私が正しいと思えるもののために戦うわ……私は、イグナイトだから……」

「……ちっ！　どの口が……ッ！」

毅然《きぜん》としたリディアに、リーザフが忌々しそうに舌打ちする。

「いいぜ、お前らやるぞ。積年の恨《うら》みを晴らす時だ……ッ！　イグナイトのクソ共を嬲《なぶ》り尽《つ》くしてやるぞッ！」

「おうよッ！」

こうして、リーザフや魔導士《まどうし》達が呪文《じゆもん》を唱え始めて。

リディアも苦痛を訴《うつた》える身体に鞭打《むちう》って呪文を唱え始めて。

「姉さん……」

何もできないイヴは、眼前の戦いを目に焼き付けるしかないのであった。


——結果を言えば。

その戦いは、まったく勝負になっていなかった。

常にリディアが一方的に嬲られ、蹂躙《じゆうりん》される凄惨《せいさん》な展開であった。

「《氷狼《ひようろう》の爪牙《そうが》——」

「遅《おせ》え——ッ！」

「きゃあああああああ!?」

得意の炎熱呪文《えんねつじゆもん》を封じられたリディアが、必死に他の呪文で対抗《たいこう》しようとする。

だが、それに先んじて爆炎《ばくえん》、吹雪《ふぶき》、雷閃が雨霰《あめあられ》と襲《おそ》いかかり、リディアを打ちのめす。

炎熱呪文の封殺《ふうさつ》。八対一という状況《じようきよう》。

魔術を振るう左腕に負わされた、致命的《ちめいてき》な負傷。

ありとあらゆるものが、リディアにとって逆風であり、不利極まりなかった。

「けほっ——《蒼銀の氷精よ・冬の円舞曲《えんぶ》を——」

「させるか！　《吠えよ炎獅子《えんじし》》ッ！」

「《風王の剣《けん》よ》！」

必死に応戦しようとするリディアを、爆炎が殴《なぐ》りつけ、真空の刃《やいば》が斬《き》り付ける。

そして、仰《の》け反り、吹き飛ぶリディアを追撃《ついげき》する、さらなる無慈悲《じひ》な呪文の嵐。

「う、ぁあああああああああああーーッ!?」

ゆっくりと。ゆっくりと。ゆっくりと。

姉が……壊《こわ》されていく。

ゆっくりと……残酷《ざんこく》に。確実に。容赦《ようしゃ》なく——

「……ああ……ッ！　姉さん……姉さん……ッ！」

イヴは、そんな一方的に嬲られる姉を見守ることしかできない。

体内魔力《まりょく》を循環《じゅんかん》させることで防御能力を高めているとはいえ、リディアはもうとっくに死んでもおかしくないほどの負傷をしてしまっていた。

だが、倒《たお》れない。

リディアは——退かない。

常に、イヴを庇《かば》うように立ち続け——

「《――円舞曲を奏で・静寂《せいじやく》を捧《ささ》げよ》……ッ！」

イヴを守るために、必死に呪文を唱え続ける。

だが、乾坤一擲《けんこんいってき》の思いでリディアの指から放たれた冷凍《れいとう》レーザーは、誰《だれ》かが張った魔力障壁《しょうへき》に易々と防がれて――

「しつけえな、いい加減、くたばれッ！　《氷狼の爪牙よ》――ッ⁉」

「――ッ⁉」

飛来する【アイス・ブリザード】――凍気と氷礫《ひょうれき》が、リディアの全身を打ち付ける。

だが、リディアはその氷の嵐《あらし》がイヴに届かないよう、身を盾《たて》にして庇って――

「姉さん……お願い、もうやめて……ッ！　姉さん……ッ！」

イヴは泣きながら、そう姉の背中に訴えかけるしかなくて。

だが、リディアは一歩も退かず。

イヴを守って、守って、守り続けて。

そして――

――――。

「ようやく、終わりか。随分《ずいぶん》と粘《ねば》るじゃねえか」

「…………」

ついに、力尽《ちからつ》きたのか。

リディアは、イヴの前でぐったりと膝を折って、力なく項垂《うなだ》れていた。

攻性《こうせい》呪文を浴び続けたその全身は、見るも無残な有様だった。

身体から流れる血が、リディアの足下に血の池を作っている。

意識がすでに飛んでいるのか、リディアはぴくりとも動かなかった。

「ぐすっ……うぅ……ね、姉さん……ねえ、さん……」

そんな姉の痛々しい姿に、イヴは泣きじゃくるしかない。

「さて、前置きが長くなっちまったが……そろそろ復讐《ふくしゅう》を始めるか」

そして、リーザフが周囲の魔導士達を見やりながら、そう宣言する。

「リディアのやつは、今、これ以上やったら死んじまうからな……やっぱり、最初はイヴからだな……」

「へっ！　やっとか……ッ！　長いお預けだったぜ……」

「ああ、これでやっと……やっと、あの人の仇《かたき》を討てる……ッ！」

「イグナイトめ……ッ！　俺達の恨《うら》みを思い知らせてやる……ッ！」

そんな魔導士達のやり取りを、イヴは呆然《ぼうぜん》と聞き流していた。

なんだかもう、別世界のことのように思えてならなかった。

（……もう、どうでもいい……どうでも……）

イヴの心を捕《と》らえていたのは、深い絶望であった。

もう、自分も姉も、人としての人生は、もう〝終わった〟のだ。

これから、さぞかし無様で惨《みじ》めで憐《あわ》れで悲惨《ひさん》な末路を遂《と》げることになるのだろう。

（……考えてみれば、本当につまらない人生だった……母を死なせて、姉の人生を終わらせて……私は、本当に疫病神《やくびょうがみ》以外の何者でもなかった……）

一体、私は何のために生まれてきたのだろうか？

ああもう、なんかどうでもいい。

もう考えるのも億劫《おっくう》だ。

（せめて、姉さんには酷《ひど》いことしないで……私が全部代わるから……だから……）

イヴがそんな虚《むな》しい願いを抱《いだ》きながら、心を虚無《きょむ》に染めようとしていた……

……その時だった。

ふわり。

頭に感じた優しい感触《かんしょく》が、イヴの意識を繋《つな》ぎ止める。

咄嗟《とっさ》にイヴが見上げれば……

「ね、姉さん……？」

リディアが震《ふる》える手を伸《の》ばして……イヴの頭を撫《な》でていたのだ。

「……大丈夫《だいじょうぶ》……よ……イヴ……」

血に濡《ぬ》れた微笑みをイヴへと向けながら、リディアが囁《ささや》く。

「……貴女は……私が守るから……私は……イグナイト……だから……」

一体、いかなる奇跡《きせき》か。

そんなことを言って、リディアが、再びよろよろと立ち上がるのであった。

途端《とたん》、場に警戒《けいかい》と緊張感《きんちょうかん》が走る。

こいつ、不死身か？　魔導士達に走る動揺《どうよう》と困惑《こんわく》。

幽鬼《ゆうき》のように立ち上がったリディアの姿に、魔導士達が飛び下がって身構える。

「……その傷でまだ立てるのかよ？」

リーザフが油断なくリディアを見据《みす》えながら言う。

「だが、無意味だな。今のお前は、ただのサンドバッグだ。ただ、打たれるために起き上がったというだけのことに過ぎねえ」

そうだ、何を恐《おそ》れることがあるか。

魔導士達が余裕《よゆう》を取り戻《もど》し、リディアへ小馬鹿《こばか》にするような笑みを向ける。

だが、そんな魔導士達を無視して、リディアはイヴへと言葉をかけた。

「ねぇ、イヴ……」

「……な、なんですか、姉さん……？」

「私ね……貴女がうちに来てくれて……本当に嬉《うれ》しかったの……」

「……え……？」

「貴女にとっては、あの家は地獄《じごく》だったかもしれないけど……私は貴女の姉になれて……本当に良かったと思ってる……」

こんな時に、一体、何を言っているのだろうか。

リディアの意図が読めない。イヴは呆然とするしかない。

「貴女は素直じゃなくて、強がりで意地っ張りだけど、とても優しい子で……真っ直《す》ぐな心を持った強い子……私の大切な妹……だからね、守るよ……何と引き替《か》えても。……だって、私……貴女のお姉ちゃんだから……」

そして、ふらつきながら、眼前の魔導士達を見据え——毅然《きぜん》と宣言する。

「そう……私は守る……妹を……イヴを守る！　もう二度と妹は失わない！　絶対に！」

そう強く宣言した……その瞬間《しゅんかん》だった。

ぼっ！

突然《とつぜん》、リディアの全身が炎《ほのお》に包まれたのだ。

「何⁉」

普段《ふだん》リディアが振《ふ》るう紅蓮《ぐれん》の灼熱炎《しゃくねつえん》とは、性質が違《ちが》う。

まるで白く輝《かがや》くような、眩《まばゆ》き光の炎であった。

「馬鹿《ばか》な……炎の魔術を起動した……だと⁉　一体、なぜだッ⁉」

そんなリディアの姿に、リーザフが恐れ戦《おのの》く。

「くそッ⁉　どういうことだよ⁉　ここでは炎熱《えんねつ》系魔術の起動は——ッ⁉」

「これは……究極的には、炎熱エネルギーを操る術式じゃないから……」

戦慄《せんりつ》するリーザフへ、リディアが淡々《たんたん》と返す。

眷属秘呪《シークレット》【大終炎《フィーニス》】。己《おの》が魂《たましい》を燃やす術式にして、イグナイト最大の禁呪。

自分自身を炎とする最後の術式である。

「そ、その術は——ッ⁉」

途端、イヴが悲鳴を上げる。

「ね、姉さん！　今すぐそれを止《や》めて！　そんな術を使ったら、姉さんは……姉さんは——ッ！」

すると。

白き炎の輝きに包まれたリディアは、くるりとイヴを振り返って、微笑《ほほえ》んだ。

にっこりと屈託《くったく》なく笑った。

「……イヴ。優しい子。……貴女《あなた》は、私の誇《ほこ》りよ」

そう語るリディアの姿は。

炎を纏《まと》うその姿は――想像を絶するほどに神々しく、美しかった。

そして、リディアが恐れ戦く魔導士《まどうし》達を振り返り、今一度立ち向かう。

リディアがふわりと両手を広げれば、その腕《うで》から翼《つばさ》のような炎が展開される。

その有様は――まるで天使のようだ。

「お、おのれぇえええええええええええ――ッ！」

魔導士達が、一斉《いっせい》にリディアへ手を向け、呪文《じゅもん》を唱える。

爆炎、電撃《でんげき》、凍気……あらゆる破壊《はかい》的な呪文が、リディアへ雨霰《あめあられ》と降り注ぐ。

だが、リディアへ放たれた呪文は、リディアが纏う炎に触《ふ》れると、その悉《ことごと》くが虚しく消《しょう》滅《めつ》していく――リディアには何一つ届かない。

「な、なんだ、この術ッ⁉ ヤバ過――」

「ふ――ッ！」

そして、リディアが優雅《ゆうが》に腕を振るう。

白の一閃《いっせん》。疾《と》く鋭《するど》く、美しき炎が——空間を伝い走る。

「——あ——」

炎に呑《の》み込まれた魔導士の一人が、一瞬《いっしゅん》で綺麗《きれい》さっぱり焼き尽《つ》くされ、この世界に灰の一片すら遺《のこ》すことなく、呆気《あっけ》なく消滅した。

まるで冗談《じょうだん》のような光景だった。

「ぁ、あああ⁉　うわぁああああああああああああああ——ッ⁉」

「ほ、《吠《ほ》えよ炎獅子《えんじし》》い——ッ！」

「ら、ら、《雷帝《らいてい》の閃槍《せんそう》よ》ぉおおお——ッ！」

魔導士達が半狂乱《はんきょうらん》で、さらに無駄《むだ》な呪文を唱えていく。

だが、やはり届かない。まるで届かない。

リディアが腕を振るう、優雅に振るう、舞《ま》い踊《おど》るように振るう。

ゆるり、ゆるりと一振《ひとふ》り、また一振り。

腕の一振りごとに、美しくも神々しい炎がその天翼を広げ——

一人、また一人と、魔導士達を消滅させていく。

形勢は、完全に逆転した。

イヴの眼前で公演されたのは、あまりにも一方的な浄化劇《じょうか》であった。

「嘘《うそ》だろッ⁉　こんなことがッ⁉　こ、これが、イグナイトなのかッ⁉　クソ！　クソ、クソクソクソォオオオオオオ――ッ！」

もうとっくに己の敗北を悟《さと》ってしまったリーザフが、半狂乱で怨嗟《えんさ》と罵倒《ばとう》と憎悪《ぞうお》と憤怒《ふんぬ》を吐《は》き出しながら絶叫《ぜっきょう》する。

「しょせん、俺達は奪《うば》われるだけの存在だったのか⁉　お前らが……お前らイグナイトが全てを……俺達から全てを奪ったというのに……何一つ取り戻せずッ⁉

畜生《ちくしょう》ッ！　畜生、畜生ぉおおおおおお――ッ！」

そして、リーザフは――

「村の皆《みな》を返せ！　親父《おやじ》とお袋《ふくろ》を――返せぇえええええええええええ――ッ！」

もう、そうするしかなかったのだろう。

すでに考えも戦術もなかったのだろう。

ただ、絶望的な戦力差の前に、どうしようもない感情の発露《はつろ》として、リーザフは拳《こぶし》を振り上げ、リディアへ自暴自棄《じぼうじき》の突進《とっしん》を仕掛《しか》けてくる。

そして、そんなリーザフを、迎《むか》えるように――

「ごめんなさい。たとえ、イグナイトが地獄へ堕《お》ちるべき存在だったとしても……私は妹を……イヴを守るわ。……さようなら」

リディアが、何かを抱《だ》き寄せるように腕を交差させて。

「！」

こうっ！

目と鼻の先まで突進してきたリーザフを——リディアの炎が、優しく抱きしめる。

その刹那《せつな》、リーザフの虚《うつ》ろな瞳《ひとみ》は一体、何を垣間見たのか。

「……あ……父さ……母さぁ……」

ぽろぽろと零《こぼ》れるリーザフの涙《なみだ》も、瞬時《しゅんじ》に蒸発して。

そのまま、何一つ苦痛を感じることなく。

リーザフは、綺麗に消滅昇天《しょうめつしょうてん》するのであった——


——静寂《せいじゃく》。

耳が痛いほどの静寂。

後に残ったのは、立ち尽くすリディア。そして、イヴ。

他には——何もない。

術者が消えたことで、【スペル・シール】が解けたイヴは、炎の魔術《まじゅつ》で拘束《こうそく》を解き、立ち上がってリディアに駆《か》け寄る。

「ね、姉さん……」

震えるイヴの言葉に。

「どうして……？　どうして……その〝最後の炎〟を使ってしまったの……ッ!?」

途端。

「……けほっ……」

リディアが血を吐いて、その身体《からだ》がぐらりと傾《かし》ぐ。

イヴは慌《あわ》てて倒れるその身体を受け止め、泣《な》き喚《わめ》きながら抱き起こした。

「ああああッ！　もう、もう取り返しがつかないよ……ッ！　姉さんが……姉さんがぁ……どうしてこんなことに……ッ!?　なんで、私なんかのために……ッ!?」

そんなイヴの涙の問いかけに。

「それが……私が正しいと思った道だから……」

ぐったりとしたリディアが、イヴの涙に濡《ぬ》れた頬《ほお》に優しく触れながら囁《ささや》いた。

「……イヴ……私にはわかるの……貴女はとても優しい子で……他人を自分のことのように思いやることが出来て……自分以外の誰《だれ》かのために戦える子……貴女こそが……真にイグナイトを継《つ》ぐ者だって……」

「そんな……ッ！　嘘《うそ》よそんなの……姉さんを差し置いて、私なんかが……ッ！」

すると、リディアは不意に目を哀しげに伏《ふ》せる。

「ううん……本当は……私にイグナイトの資格なんて……ないの……」

「……姉さん……？」

「私は……妹を……アリエスを見捨ててしまったから……あの時は父上が怖《こわ》くて……私は何も言えなかった……守ってあげられなかった……ッ！　お姉ちゃんなのに！」

リディアの両目から、ぼろぼろと涙が溢《あふ》れ出し、流れていく。

イヴがイグナイト家に来る前に、何があったかはわからない。

ただ、姉がアリエスという妹について、深く後悔《こうかい》していることだけはわかった。

「だから、せめてもの償《つぐな》いとして……イグナイトを守ろうと……本当の意味でのイグナイトになろうと……私が正しいと信じられる道を歩いて行こうと……ずっと頑《がん》張《ば》ってきたのに……なのに……ははは……もうダメね……〝最後の炎〟を使っちゃったから……魔導士としての私は……もうお終い……結局、口ばかり立派で何もできない……本当に役立たずの駄目《だめ》な姉で……ごめん……」

「そんなことない！　そんなことないよっ！」

イヴが、力なく目を閉じるリディアの手を取り、必死に訴《うった》えかける。

「だって、姉さんは私を守ってくれたじゃない！　助けてくれたじゃない！」

「……イヴ……？」

「姉さんは立派なイグナイトだった！　誰よりも立派な真のイグナイトだった！」

「……でも……私は……もう……」

「そんなことない……ッ！　だって、私が姉さんの後を継ぐから！」

「！」

「私が、姉さんが託《たく》してくれた物を繋《つな》ぐから……ッ！　私が姉さんと同じくらい立派な魔導士になって……真のイグナイトになるから……ッ！　だから……ッ！」

そんなイヴに。

「……ありがとう、イヴ……貴女に託すわ……私が誇りに思うイグナイトの名を……」

リディアが涙交じりの微笑みを浮《う》かべて言った。

「でも、忘れないで……イグナイトが示す真の魔導の道は……自分が正しいと信じる道を歩むこと……本当はね、家なんか関係ないの……貴女自身がどう生きるか……それが重要なのだから……どうか、それを忘れないで……」

「うん……うんっ……わかってる……わかってるから……」

「これから貴女を待つ道は……とても、辛《つら》い道のりだと思うけど……」

「わかってる！　大丈夫《だいじょうぶ》！　私は絶対に負けない……負けないから……ッ！　姉さんの教えてくれたこと……忘れないから……ッ！　だから――」

……こうして。

イヴとリディアは、抱き合って、泣き続ける。

いつまでも、いつまでも泣き続けるのであった――

最後の炎を使ってしまった副作用で、リディアは魔術能力を完全に失った。

そして、そんなリディアは無用とされ、イグナイト家を追放された。

その行方《ゆくえ》は不明。

後にイヴがいくら調べても、姉の消息は摑《つか》めなかった。

父に聞けば、魔術能力を取り戻《もど》すため、どこかの法医院に入院したとのこと。

それ以上のことは――ついぞ、わからなかった。

件《くだん》の事件に関しては、全てが事故という形で片付けられ、闇《やみ》に葬《ほうむ》られた。

そして、ほどなくして、予備だったイヴが次期当主として繰《く》り上がった。

……次期当主となったイヴは、とにかく、ひた走った。

姉が望んだイグナイトになるために。

姉の悲願を達成するために。

姉が誇《ほこ》りとしていた、真の意味でのイグナイトを守るために。

ただ、そのためには――まず、イグナイトの当主にならなければならない。

当主にならなければ、家の体質改善も改革もない。

つまり、父親に認めてもらわなければならない。一族に認めてもらわなければならない。

だから、姉のために心を殺し、心を鉄にして任務に励《はげ》む。

ひたすら手柄《てがら》を、手柄を、手柄を、手柄を、手柄を――

姉から継いだ物を守るために、姉から継いだ物を蔑《ないがし》ろにする自己矛盾《むじゅん》に耐《た》え続ける。

だが――人間とは弱く脆《もろ》いもの。

次期当主に繰り上がったイヴを待っていたのは、今までが天国に思えてくるほどの、想像を絶する地獄《じごく》の重責と重圧。

こんな物に、姉はずっと耐えていたのか……驚愕《きょうがく》する暇《いとま》すらない。

過酷《かこく》な環境《かんきょう》で任務をこなす中、イヴの心は――徐々《じょじょ》にすり切れていく。

輝《かがや》かしい初心は、徐々に色褪《いろあ》せ、忘れ去られていく。

目が回るような忙《いそが》しさの中、イヴは次第に姉を思い出すことも少なくなっていき……

大切な何かを、自分でも気付かぬうちにボロボロと零し落としていって……

それを振《ふ》り返る暇もなく……

そして、最後に残ったのは。

常に他人を駒扱《こまあつか》いし、手柄と効率だけを追い求める、冷酷《れいこく》非情な鉄の女。

イヴ＝イグナイトだけであった──


──。


「……うん……？」

ふと、目を覚ます。

そこは──キルム攻略《こうりゃく》に備えるベースキャンプ。作戦会議用の天幕内。

イヴはテーブルに伏《ふ》せていた顔を、よろよろと上げる。

寝起《ねお》き特有の、深い霧《きり》がかかったようにおぼろげな意識の中、イヴは今まで見ていたものをぼんやりと思い返す。

「……夢？　……夢を見ていたの？　私、泣いていたの？　一体、どうして……？」

触《ふ》れれば、己の頬を伝う冷たいものの感触《かんしょく》。

それに驚《おどろ》きながら、イヴは物思う。

（……何か……大事な夢だった気がする……絶対に忘れてはいけない、私の根幹に関する夢だった気がする……リディア姉さんと約束した何かの……だけど……）

だが、その夢の内容は、意識の覚醒《かくせい》と共に、まるで霧が晴れるようにどんどん霧散《むさん》していく。

イヴがそれを捕《つか》まえようと、強く夢を思い出そうとすると。

ずきりっ！　唐突《とうとつ》に、イヴの脳内にフラッシュバックする何か。

──ふん。あれだけ目をかけていたリディアには、失望させられてしまったからな──

──イヴ、貴様には、ああならぬよう、〝楔《くさび》〟を打っておくことにしよう──

──これで貴様は──……

「……痛ッ!?」

不意に脳内を走った鋭《するど》い痛みに気を取られる。

その隙《すき》に、夢の内容は完全に消えてしまっていた。

フラッシュバックの内容も、まるで冗談《じょうだん》のように思い出せない。

「……なんなの？　疲《つか》れているのかしら……？　はぁ……」

溜息《ためいき》を吐《つ》きながら立ち上がり、懐中《かいちゅう》時計で時間を確認する。

グレンと大喧嘩《おおげんか》してから、三時間ほど経過している。

こんなに長い間、無防備に意識を飛ばしているなんて、気が弛《たる》んでいる証拠《しょうこ》だ……イヴが苦々しくそう自省していると。

「……おい、イヴ」

「！」

グレンが天幕の入り口を開き、天幕内へと入ってきていた。

その後ろには、アルベルト、セラもついている。

「……何よ？」

つんとそっぽを向いて、刺々《とげとげ》しく返すイヴ。

だが、グレンは構わず、真っ直《す》ぐにイヴを見つめて言った。

「さっきはカッとなって怒鳴《どな》っちまったが……もう一度作戦を考え直してくれねーか？」

「…………」

「確かに、俺もわかってんだよ……お前の作戦が一番、確実で安全だってな。味方の損害まで考えれば……ベストだってな」

「…………」

「だが、諦《あきら》めきれねえんだよ……まだ、なんとかなるはずなんだ。お前は、いけ好かない嫌《いや》なやつだが天才だ。お前ならなんとかできる……そうだろ？」

「…………」

「エゴの押しつけになるが……俺はこんな世界だからこそ、少しでも自分が正しいと信じられることのために戦いてえんだ……なぁ、この通りだ」

そんな風に言って、頭を下げるグレンに。

「…………」

——私は……私が正しいと思えるもののために戦うわ……——

——私は、イグナイトだから……——

イヴは何を思ったのか。

「……ふん、いいわ。今回だけは……考え直してあげる」

イヴは鼻を鳴らして、そう忌々《いまいま》しそうに宣言するのであった。

「は？」

驚いたのは、当のグレンである。

それは後ろの二人も同じだったらしく、セラは目をぱちくりさせ、アルベルトは表情こそ動かさなかったものの、訝《いぶか》しむように目を細めていた。

「……何よ？　その反応」

「いや、自分で言ってなんだが、お前が折れるなんて思ってもみなくてよ……一体、どういう風の吹《ふ》き回しだ……？」

「ふん、うるさい。そんなの私だってわからないわよ」

不機嫌《ふきげん》そうに言い捨てるイヴ。

「……なぜか、今はたまたま、そんな気分になったのよ。……悪い？」

「い、いや……」

戸惑《とまど》うグレンを無視して、イヴは颯爽《さっそう》と髪《かみ》を掻《か》き上げて席を立つ。テーブル上に広がる戦略地図に向かい合い、両手をついて地図と睨《にら》めっこを始める。

「一旦《いったん》、クリストフを呼び戻しなさい。もう一度、最初からキルム周辺地形と敵戦力分析《ぶんせき》の洗い直しよ。何か見落としている、付け入る隙《すき》があるかもしれない。貴方達も斥候《せっこう》と情報収集に動いてもらうわ。こうなったら徹底《てってい》的にやるわよ」

「お、おう……わかった……その、イヴ……」

「……何よ？」

「……その……すまん、ありがとうな……」

そんなグレンの謝罪と感謝を。

イヴは、どんっ！　と不機嫌そうにテーブルを叩《たた》いて、突っぱねる。

「ふん！　私、貴方《あなた》の上官なんだけど⁉　前から何度も言ってるけど、いい加減、そのタメ口《や》止めなさい！　それと謝るくらいなら口より先に手足を動かして！　ただでさえ、余計な仕事増やしたんだからっ！」

「……わ、わかった……」

そう言って、グレンは慌《あわ》ただしく天幕内を出て行く。

そんな二人の様子に、セラとアルベルトは顔を見合わせる。

セラが苦笑し、アルベルトが肩《かた》を竦《すく》め、グレンの後を追って天幕を出て行く。

「……ホント、わけわかんない……ッ！」

天幕内に一人残されたイヴが、噛《か》み付くように地図と向き合いながら、苛立《いらだ》ちを吐き捨てるようにぼやく。

「なんで、あいつを見ていると、こんなにイライラするのかしら……ッ！」

……だが。

こうして、一見、無謀《むぼう》で不可能、無駄《むだ》で非効率のように思えても、少しでも多くを助けるために努力することは……不思議と嫌な気分ではなかった。
胸の内の奥深くで、静かに眠《ねむ》るように燻《くすぶ》る使命感と熱に気付くこともなく。
イヴはひたすら、新しい作戦を考え続けるのであった。
《紅炎公《ロード・スカーレット》》――その二つ名が指し示し、背負う真の意味。
それをイヴが思い出すには、まだ、しばしの時を要するのであった――

あとがき

こんにちは、羊太郎《ひつじたろう》です。

今回、短編集『ロクでなし魔術《まじゅつ》講師と追想日誌《メモリーレコード》』第六巻、刊行の運びとなりました。

六巻まで来るとは……なんという奇跡《きせき》。

編集者並びに出版関係者の方々、そして本編『ロクでなし』を支持してくださった読者の皆様《みなさま》方のおかげです！　どうもありがとうございます！


いやー、今回も様々なシチュエーションの短編が詰《つ》まっています。

最近、ロクでなし本編では、わりとシリアスな展開になりがちですので、こういう日常を惜《お》しみなく表現できる短編は段々、貴重な存在になってきている気がします。

やっぱりシリアスばっかじゃ疲《つか》れますからねー、読者的にも作者的にも。だから、こういう日常の短編は心のオアシスなのです（この短編集に限っては、必ず最後に一つ爆弾《ばくだん》が搭載《とうさい》されていますが（笑））。

それでは、各短編の解説に移りましょう。

○お父様が見てる

ロクでなしのヒロインの一人、白猫《しろねこ》ことシスティーナのご両親メインの話。
ところで、ラノベに登場する主人公やヒロインの両親には、とある法則があります。
無論、例外はありますが……大体、こんな←感じじゃないでしょうか？

A．両親のうち片方、もしくは両方ともすでに故人。その死亡率は異常に高い。
最早《もはや》、主人公やヒロインの両親という設定自体が死亡フラグ。
B．運良く存命の場合、母親は大抵《たいてい》異常に外見が若くて美人。父親は大抵アホキャラ。
そして、なぜか大抵、二人とも海外出張などで普段《ふだん》は家に居ない。

はい、ロクでなしも、この法則Bにストレートに乗っかりました。
美人でしっかり者のお母さんフィリアナと、アホな暴走お父さんレナードのコンビは書いてて楽しかったです。こんなおとん、嫌《いや》だ（笑）。

○名無しの反転ルミア
ロクでなし最大の謎《なぞ》のヒロイン、ナムルスのお話。

本編においても未だ謎だらけなナムルスですが、そんな彼女のキャラを掘《ほ》り下げようとこの話を書いてみれば、どうしてこうなった⁉

いや、僕はナムルスは、こうクールで格好いい、ミステリアスなヒロインとして、初期設定していたはずなんですよ。

それが書き始めるとなんでかこう、書けば書くほど、どんどん変なキャラになっていく……あれ？ クールでミステリアスなヒロインどこ？

一体、なぜだろう？ 多分、時代が悪い。

○仮病《けびょう》看病☆大戦争
久々、ロクでなしがロクでなしをやっている回。

いやぁ、本編ではグレン君、結構、精神的にも教師的にも成長しちゃってますからね。

やっぱり、たまにはこうロクでなしやらないとね。

こういうカオスなドタバタ活劇やらせれば、グレン達の真骨頂ですねぇ。

でも、なぜだろう？ 女の子に看病されるのは男のロマンのはずなのに、この三人娘《むすめ》にはちっとも看病されたくない……もう歳ですかね？

○魔導探偵《まどうたんてい》ロザリーの事件簿《ぼ》・無謀《むぼう》編

あのヘッポコ駄目《だめ》探偵ロザリー再登場の回。

あのどこをどう考えても、その話限りの一発キャラにしか見えなかったロザリーが、まさか再登場するなんて、読者様達は夢にも思わなかったことでしょう？

僕も、この意外な展開にビックリです！（）

それはさておき、僕はこういうポンコツな女の子を書くのが好きなんですよね。

で、本人はまったくもって無能なんですが、運だけで物事を解決に導いてしまう、周囲の人間ははらはらしながら見守り、やれやれと溜息《ためいき》を吐《つ》く。

そこに可愛げがあればいいのですが、可愛げがまったくないのが羊クオリティ。

だが、自重しないッッ！

○炎《ほのお》を継《つ》ぐ者

今回の書き下ろし短編。

ロクでなし本編でも謎の人気を誇《ほこ》る、遅《おく》れてやってきたヒロイン、イヴ＝イグナイトのお話です（ていうか、こいつは本当に、なんでこんなに人気があるんだ（笑））。

エリートながらヒステリックで冷酷《れいこく》、周りを自分の駒《こま》としか思っていない典型的な嫁《い》き遅れルート確定の〝嫌な女〟。

本編ではイグナイト家を勘当《かんどう》され、今はイヴ＝ディストーレを名乗る彼女ですが、読者の皆様は、不思議に思ったことはありませんでしょうか？

彼女が家を勘当されたのに、やけにイグナイトという名に拘《こだわ》っていることに。

そう、本編では勘当後も、イヴちゃんはことあるごとに、自分がイグナイトであること、《紅焔公《ロード・スカーレット》》であることを主張しているのです。一体、これはなぜなのか？

その答えの片鱗《へんりん》が、今回の短編です。

彼女の歩いてきた道と人生の軌跡《きせき》、是非《ぜひ》、体験してください。読後に、彼女について何か物思うことが読者様達の心にあれば、作者冥利《みょうり》に尽《つ》きます。

今回は以上ですね。

どうかこれからも『ロクでなし』をよろしくお願いします。

羊太郎

お便りはこちらまで

〒一〇二—八一七七
ファンタジア文庫編集部気付
羊太郎（様）宛
三嶋くろね（様）宛

初出

お父様が見てる
Father Watches Over Us
ドラゴンマガジン2018年3月号

名無しの反転ルミア
Rumia and the Nameless Reversal
ドラゴンマガジン2018年7月号

仮病看病☆大戦争
A Totally Sick Struggle
ドラゴンマガジン2018年9月号

魔導探偵ロザリーの事件簿　無謀編
The Case Files of Magic Detective Rosalie
ドラゴンマガジン2018年11月号

炎を継ぐ者
Inheritor of the Flame
書き下ろし

Memory records of bastard
magic instructor

富士見ファンタジア文庫

ロクでなし魔術講師《まじゅつこうし》と追想日誌《メモリーレコード》6

令和2年3月20日　初版発行
令和6年10月25日　3版発行

著者――羊《ひつじ》 太郎《たろう》

発行者――山下直久

発　行――株式会社KADOKAWA
〒102-8177
東京都千代田区富士見2-13-3
0570-002-301（ナビダイヤル）

印刷所――株式会社KADOKAWA

製本所――株式会社KADOKAWA

ISBN978-4-04-073275-6 C0193 ◆◇◇

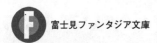

騙しあい。

各国がスパイによる戦争を繰り広げる世界。任務成功率100%、しかし性格に難ありの凄腕スパイ・クラウスは、死亡率九割を超える任務に、何故か未熟な7人の少女たちを招集するのだが――。

シリーズ
好評発売中！

ファンタジア文庫

世界最強の
“不可能任務”に挑む少女たちの
痛快スパイファンタジー！
スパイ教室
竹町
illustration
トマリ

その剣《つるぎ》
WEBで圧倒的人気の剣戟無双ファンタジー！
シリーズ好評発売中!!
月島秀一
illustration もきゅ
一億年ボタンを連打した俺は、
Ichiokunen Button wo Renda shita Oreha,Saikyo ni natteita
気付いたら最強になっていた
～落第剣士の学院無双～

STORY

周囲から『落第剣士』と蔑まれる少年アレン。彼はある日、剣術学院退学を賭けて同級生の天才剣士と決闘することになってしまう。勝ち目のない戦いに絶望する中、偶然アレンが手にしたのは『一億年ボタン』。それは「押せば一億年間、時の世界へ囚われる」呪われたボタンだった!?　しかし、それを逆手に取った彼は一億年ボタンを連打し、十数億年もの修業の果て、極限の剣技を身に付けていき――。最強の力を手にした落第剣士は今、世界へその名を轟かせる!

ファンタジア文庫

2人の女子高生と始める、
新しい日常――。
ひまり
家出中の JK。
街で困っていたと
ころを主人公のサ
ラリーマン・駒村
に助けられ家に転
がり込む。
奏音
駒村の従妹。
ワケあって同居を始める。
見た目は派手だが、
家事が得意な一面も。

この少年
すべてが
天上優夜《てんじょうゆうや》
異世界で
レベルアップした結果、
最強の身体能力を
手に入れた少年
シリーズ好評発売中！

チートすぎる異世界でチート能力《スキル》を手にした俺は、現実世界をも無双する

～レベルアップは人生を変えた～

I got a cheat ability in a different world, and became extraordinary even in the real world.

著：美紅
イラスト：桑島黎音

幼い頃から酷い虐めを受けてきた少年が開いたのは『異世界への扉』だった！ 初めて異世界を訪れた者として、チート級の能力を手にした彼は、レベルアップを重ね……最強の身体能力を持った完全無欠な少年へと生まれ変わった！ 彼は、2つの世界を行き来できる扉を通して、現実世界にも旋風を巻き起こし――!? 異世界×現実世界。レベルアップした少年は2つの世界を無双する！

ファンタジア文庫

切り拓け！キミだけの王道
ファンタジア大賞
原稿募集中！
賞金
《大賞》300万円
《金賞》50万円
《銀賞》30万円
選考委員
細音啓「キミと僕の最後の戦場、あるいは世界が始まる聖戦」
橘公司「デート・ア・ライブ」
羊太郎「ロクでなし魔術講師と禁忌教典《アカシックレコード》」
ファンタジア文庫編集長
前期締切 8月末日
後期締切 2月末日
公式サイトはこちら！ https://www.fantasiataisho.com/
イラスト／つなこ、猫鍋蒼、三嶋くろね